영국 소설, 인종으로 읽다

허정애_경북대학교 인문대학 영어영문학과 교수

현재 경북대학교 인문대학 영어영문학과에서 〈19세기 영국 소설〉, 〈미문학개관〉 등을, 대학원 인문카운슬링학과에서 〈소통과 공감의 문학연구〉 등을 강의하고 있으며, 영미소설에 나타난 젠더와 인종 문제를 주된 연구의 주제로 삼고 있다.

주요 저서로는 『20세기 미국소설의 이해 I』(공저)이 있으며, 주요 논문으로는 「제인 오스틴, 노예제, 계급, 인종」, 「에밀리 브론테의 성취와 한계: 인종적 시각에서 다시 읽는 『워더링 하이츠』」, 「근대성, 인종주의, 코즈모폴리턴 공동체: 메리 셸리의 『프랑켄슈타인』 다시 읽기」, 「마크 트웨인과 젠더」 외 다수가 있다.

경북대학교 인문교양총서 51

영국 소설, 인종으로 읽다

초판 1쇄 인쇄	2022년 4월 18일
초판 1쇄 발행	2022년 5월 2일
지은이	허정애
기 획	경북대학교 인문대학
펴낸이	이대현
편 집	이태곤 권분옥 문선희 임애정 강윤경
디자인	안혜진 최선주 이경진
마케팅	박태훈 안현진
펴낸곳	도서출판 역락
출판등록	1999년 4월 19일 제303-2002-000014호
주소	서울시 서초구 동광로 46길 6-6 문창빌딩 2층 (우06589)
전화	02-3409-2060
팩스	02-3409-2059
홈페이지	www.yourackbooks.com
이메일	youlrack@hanmail.net

ISBN 979-11-6742-338-2 04840
        978-89-5556-896-7(세트)

이 책은 2021년 정부재원(경북대학 국립대학육성사업)으로 한국연구재단의 지원을 받아 제작되었습니다.

영국 소설,
인종으로 읽다

허정애 지음

경북대학교 인문교양총서

051

역락

18, 19세기 영국 소설 중에는 전 세계인들이 유년 시절부터 즐겨 읽기 시작하는 고전 명작으로서 자리매김해 온 작품들이 많다. 『로빈슨 크루소』의 로빈슨 크루소처럼 청소년의 도전과 모험을 북돋우는 강한 남성 주인공이나 『제인 에어』의 제인 에어처럼 남성 중심의 가부장제 사회에 저항하여 자유와 독립을 추구하는 강한 여성 주인공 등 18, 19세기 영국 소설의 문학성과 등장인물의 매력은 높이 평가되어왔다. 이러한 평가의 이면에는 1640년대 이후 해외 식민지 확장을 본격화해 온 영국인들이 영국 국민문화 만들기를 통해 식민지에 영국 문화의 확산과 전파를 위해 노력해온 점을 무시할 수 없을 것이다.

그러나 이러한 이른바 고전 명작들을 영국인이 아닌 독자가 인종의 관점에서 섬세한 읽기를 하면 이야기는 달라진다. 소위 문명인이며 백인이라고 하는 로빈슨 크루소는 자신이 표류한 섬에서 마주친 프라이데이라는 아메리카 원주민을 식인종으로 취급하여 칼과 총을 무기로 노예로 삼아 노동을 착취하는 야만성을 보인다. 영국인 제인과 로체스터의 서술로 인해 목소리가 은폐된 결과, 미친 여인으로 규정되어 쏜필드의 다락방에 십 년 이상 간

혀 있는 식민지 자메이카 출신의 크레올 여성인 버싸는 인간이
아닌 동물, 괴물, 흡혈귀로 묘사됨으로써 인종주의의 희생자임이
드러난다. 인종주의가 상대적으로 뚜렷하게 드러나지 않은 작가
도 인종적 시각에서 볼 때는 미세한 한계를 드러낸다.

이처럼 18, 19세기 영국 소설은 인종의 관점에서 읽을 때 백인
이 아닌 타인종을 억압하고, 배척하는 당대 영국인의 인종주의,
타인종이나 타민족의 열등성을 대비시켜 영국인의 우월성을 드
러내는 영국 민족주의, 그리고 열등하고 미개한 야만인을 문명화
시켜야 한다는 사명으로 식민지에 대한 억압과 침탈을 당연시하
는 제국주의의 당위성을 전파하는 기제로 활용되고 있음을 간파
할 수 있다.

인종주의는 영 제국주의가 식민 지배를 보다 효율적으로 하
기 위해 동원하는 기제 중의 하나였다. 제국주의는 지배자와 피지
배자, 즉, 우월한 '우리'와 열등한 '타자'를 이분법적으로 구분하
는 차이가 필요했고, 그 차이를 가장 손쉽게 드러내는 방법을 인
종 간의 신체적 차이에 주목하는 생물학적 인종주의에서 찾았다.
생물학적 인종주의는 타자의 신체를 괴물, 동물, 식인종, 흡혈귀
등으로 부정적으로 바라볼 수 있는 근거를 제공해주었다. 18, 19
세기에 영국에 만연한 이 생물학적 인종주의는 백인이 아닌 식민
지의 열등한 '타자'를 억압하고 착취하는 제국주의 담론을 정당
화했다. 이러한 당대 영국의 인종주의 담론은 타인종과 피를 섞는
인종 간 성행위나 혼혈결혼에 대해서도 당연히 부정적이다. 그 이
유는 영국인의 깨끗하고 순수한 피가 식민지 출신의 더러운 외국

인의 피에 의해 오염된다는 인식 때문이다.

이 책에서는 18, 19세기 영국의 고전 명작으로 손꼽히는 대니얼 디포의 『로빈슨 크루소』(1719)를 비롯하여 메리 셸리의 『프랑켄슈타인』(1818), 에밀리 브론테의 『워더링 하이츠』(1847), 샬럿 브론테의 『제인 에어』(1847), 19세기 말의 대표적인 탐정 소설인 아서 코난 도일의 『네 사람의 서명』(1890), 그리고 후기 빅토리아 시대의 대표적인 고딕소설인 브람 스토커의 『드라큘라』(1897)를 인종의 관점에서 독자들과 같이 읽어봄으로써 작품 속에 숨어있는 인종주의를 포착해보고자 한다.

'흑인의 목숨도 소중하다'는 해시태그로 인종적 평등의 문제가 인류가 직면한 중요한 이슈로 새삼 강조되는 21세기에 서로 다른 인종 간의 차이와 다름을 인정하고 다양성을 존중하는 상호 공존의 인문학을 모색하기 위해 인종주의를 드러내는 고전 명작에 대해서는 기존의 평가를 무비판적으로 수용하지 않는 객관적인 비판과 평가가 필요할 것이다.

이 책은 필자가 그간 약 25년간을 대학 강단에서 학부와 대학원 학생들에게 18, 19세기 영국 소설을 강의하면서 작품에 나타난 인종 문제를 함께 탐색하고 토론한 결실이다. 이 토론 과정에서 학생들은 필자에게 다양하고 신선하고 창의적인 사고로 자극을 주었다. 학생들의 공감이 없었다면 이 책도 빛을 보지 못했을 것이다. 이 지면을 빌어 그동안 부족하고 재미없는 강의에 적극적으로 참여해준 경북대 학생들, 그리고 학점 교류를 통해 필자의 수업을 수강한 타 국립대 학생들에게도 고마움을 표하고 싶다.

이 책의 핵심 내용은 최근에 경북대 인문학술원에서 인문학의 확산을 위해 유튜브로 제작한 10분짜리 동영상 〈경BOOK톡〉에 '영미 소설, 인종으로 읽다'라는 시리즈에 축약되어 있다. 난생처음으로 시도해 본 어설픈 유튜브 강의를 열심히 시청해주시고, 격조 높은 댓글로 격려를 해준 시청자 여러분의 성원에 힘입어 그 강의를 이번에 '인문교양총서' 중 한 권의 책으로 묶게 되었다.

이 책을 집필하면서 국내외의 선행 연구를 많이 참조하였다. '인문교양총서'의 집필 지침에 따라 각주로 모두 표시하지 못 했으나 이 책에서 직·간접적으로 인용한 귀중한 저서와 논문의 저자들께 심심한 감사를 드린다.

마지막으로 이 책의 기획과 발간을 위해 노고를 아끼지 않은 경북대학교 인문대학 기획위원회와 부족한 원고를 잘 다듬어 한 권의 책으로 완성시켜 준 도서출판 역락의 관계자 여러분께도 감사의 마음을 전한다.

2022년 2월
복현골에서 저자 허정애

목차

제1장

크루소는 도전과 모험의 아이콘?:
대니얼 디포의 『로빈슨 크루소』

1719년 영국에서 발표된 대니얼 디포(Daniel Defoe)의 『로빈슨 크루소』(*Robinson Crusoe*)는 이제 전 세계에서 모르는 사람이 없을 정도로 소설이 아니라 신화가 되었다. '요크 출신 선원 로빈슨 크루소의 삶과 이상하고 놀라운 모험'이라는 부제를 단 이 소설은 여성이 한 명도 등장하지 않는 남성적인 서사임에도 불구하고 출판되자마자 수많은 영국인들이 열광했고, 곧 베스트셀러가 되었다. 『로빈슨 크루소』는 그 당시 남태평양의 무인도에 난파되었다가 4년 후 구출된 알렉산더 셀커크라는 실제 인물을 소재로 한 사실주의 소설이다. 그렇지만 분명히 작가의 상상에 의한 픽션, 즉 허구인데도 불구하고 독자들은 크루소의 모험을 마치 실제로 일어난 사건으로 믿었고, 주인공 크루소처럼 무인도로 가겠다고 가출을 하는 소년들까지 나타났다. 왜 그랬을까?

1632년 영국의 요크시에서 태어난 크루소는 18세 되던 1651년, 편안한 중산층으로 살아가라는 아버지의 충고를 듣지 않고 집을 떠난다. 그는 선원이 되어 온갖 모험을 하며 산전수전을 겪은 끝에 브라질에 정착하여 사탕수수 농장을 경영하는 부유한 농장주가 된다. 그런데도 노예 매매를 위해 또 아프리카로 항해를 떠난다. 크루소는 항해 중 폭풍을 만나 난파되어 카리브해 지역 남미 오리노코강 하구 근처의 한 섬에 표류하게 된다. 그때가 26세 무렵인 1659년이다.

섬에 표류한 후 크루소는 그 섬을 자신의 왕국으로 만들고, 염소 가죽으로 외투, 조끼, 모자를 만들어 쓰고, 우산을 쓰고, 장화를 신고, 돌아다닐 때는 늘 소총 1개와 권총 2개를 지니고, 칼을 차고, 조끼 주머니에 화약과 탄환을 넣고, 바구니를 메고 다닌다. 그는 난파된 배에서 가져온 총과 칼을 무기로 처음 만난 타인종인 카리브해 원주민을 프라이데이라고 부르며 노예로 삼는다. 또한 생존에 필요한 질그릇과 가구를 만들고, 농사를 지어 수확한 곡식으로 빵을 굽고, 염소 같은 가축을 키워 버터와 치즈를 얻는 등 자연의 섬을 문명의 섬으로 만든다. 그렇게 28년 2개월을 섬에 거주한 크루소는 소설의 마지막에 영국인 선장이 이끄는 선박의 선상 반란을 진압해주고 그 대가로 약 54세의 나이인 1686년 12월에 마침내 영국으로 돌아가게 된다.

아일랜드 출신의 모더니즘 소설가인 제임스 조이스가 크루소를 "영국 식민주의자의 원형"으로, 원주민 프라이데이를 "정복당한 민족의 상징"이라고 평한 바 있듯이, 1640년대부터 해외 식민지 확장이 본격화된 이후 영국인들은 크루소의 이야기에서 식민지 정복과 지배의 구체적인 매뉴얼을 발견하고 흥분했던 것이다. 이러한 점에서 이 소설은 식민지를 확장하려는 당대 영국의 팽창주의 이데올로기를 정당화한다.

『로빈슨 크루소』는 흔히 영국 근대소설이며 모험소설의 효시로 평가된다. 이러한 모험소설의 주인공인 크루소는 지금까지 근면, 도전, 모험, 용기, 신앙, 합리성, 창의성, 인내심을 대표하는 근대 자본주의적 인간의 원형으로 인식되어왔다. 그런데, 그는 정말도전과 용기와 모험과 합리성의 아이콘일까?

소설의 첫 장면에서부터 배를 타지 말라는 아버지의 충고를뿌리치고 집을 떠나는 크루소의 행위는 당연히 도전과 모험의 주인공처럼 보이게 한다. 상인인 크루소의 아버지는 중간 계층은 상류층처럼 사치, 야심, 시기심에 시달리지 않고, 하류층처럼 궁핍, 역경, 힘든 노동, 질병에 시달리지 않는 평안함과 풍족함이 있는계층이므로 여기에 만족하고 살라고 크루소에게 충고한다. 그러나 그는 아버지에게 저항하고 배를 타는 모험을 감행하기 때문이다. 또한 그 이후 폭풍을 만나 죽을 고비를 겪는 역경 속에서 이성과 판단력은 여러 번 그를 집으로 돌아가라고 호소하지만 그는거기에 반하는 행위를 하고, 그 결과 실패한 인생이 될 것이라는아버지의 예상과 달리 오히려 부자가 되어 대성공을 거두기 때문이다.

그러나 소설을 자세히 읽어보면 크루소는 도전과 모험의 측면보다는 노예무역상으로서 불법적인 행위를 당연시하는 범법자로서의 측면, 늘 불안과 공포에 사로잡혀 있는 정신질환자적 측면, 계급 상승과 권력에 대한 노골적인 욕망을 지닌 탐욕자적 측면, 자신에게 복종하지 않는 존재에 대해서는 가차 없는 폭력을 행사하는 잔인한 식민주의자적 측면, 타인종을 야만적이고 열등한 식인종으로 간주하여 노예로서 노동력을 착취하는 것을 당연하게 여기는 인종주의자적 측면이 오히려 강하게 부각된다.

먼저 이 소설을 노예제와 노예무역이라는 시대적 상황에서 살펴보자. 영국의 노예무역은 16세기 중반부터 서아프리카와 접촉을 시작으로 19세기 초반 노예무역금지법안이 통과될 때까지 지속되었는데, 이러한 노예매매 역사를 비롯한 17, 18세기의 영국의 사회상을 생생하게 엿볼 수 있는 고전이 바로 『로빈슨 크루소』이다. 작가 디포의 여러 저작을 살펴보면 상인 계층인 디포는 국가의 부를 축적한다는 경제적 측면에서 노예제와 노예무역 자체에 대해서는 기본적으로 반대하지 않는다. 그러나 윤리적인 측면에서 노예를 다루는 노예무역상의 잔인함은 비판하는 이중적인 입장을 취한다.

이 작품에서 크루소는 세 번이나 노예무역을 감행하는데 처음 두 번은 1651년 집을 떠나 런던행 배를 탄지 얼마 후이고, 세 번째는 1659년 브라질에서 동료 농장주들에게 과거 노예무역 경험을 자랑함으로써 그들의 충동을 부채질하여 이루어진다. 그런데 이 시기, 즉 17세기 중반경 크루소의 노예무역은 "오직 스페인과 포르투갈 국왕의 허가서인 아시엔토가 있어야만 할 수 있는 공적인 독점 거래 대상이어서 살 수 있는 흑인이 많지 않았고 값도 매우 비쌌다"고 그가 서술하듯이 불법적인 거래인 밀무역이다. 영국은 1713년에 와서야 합법적인 노예무역이 가능한 아시엔토를 획득한다. 그런데 이러한 당대 법을 무시하는 불법적인 노예무역을 과감하게 감행하는 행위를 과연 도전과 용기로 평가할 수 있는지 묻지 않을 수 없다.

두 번째로 난파된 섬에서 생존하는 크루소의 불안의 양상에 대해 살펴보자. 크루소는 경쟁자 없이 오직 혼자 섬을 독점하고 있는데도 섬에 거주하는 내내 오히려 식인종이라고 세뇌받은 야만인인 원주민에 의해 잡아먹힐까 봐, 또 자신의 영토인 섬의 소유권을 빼앗길까 봐, 가축이나 곡식 등 사유재산을 빼앗길까 봐, 늘 전전긍긍하고 있는 인물이다. 그는 원주민이나 동물이 자신을 갑자기 공격할 수도 있다는 불안으로 3개월 이상 걸려 동굴 주변에 말뚝을 박아 튼튼한 이중 방벽을 만들어 요새를 완성하고는 겨우 안심한다.

이러한 원주민에 대한 대표적인 불안의 예로 크루소가 섬에 표류한 지 만 15년째 되는 날, 해변의 모래사장에서 발견한 사람의 발자국에 대한 그의 반응을 들 수 있다. 그는 이 발자국에 대해 아무도 살지 않는 고독한 섬에 사는 인간으로서 반가움을 느끼기보다는 오히려 극도의 공포와 충격을 경험한다.

> 나는 마치 번개를 맞은 사람처럼, 아니면 마치 유령을 본
> 사람처럼 그 자리에서 발을 떼지 못한 채 서 있었는데… 내
> 가 어디로 걸어가는지도 모를 정도로 극도로 겁에 질려서
> 매번 두세 발자국 떼고 나면 뒤를 돌아보고, 관목이나 숲,

그리고 멀리 떨어져 있는 그루터기를 사람으로 착각하는 등, 공포에 찌든 내 상상력이 어찌나 별별 물체를 다 잘못 보게 했는지, 또한 어찌나 온갖 험한 생각이 매 순간 내 공상 속에 떠올랐는지, 참으로 뭐라고 형언하기 어려운 기괴한 것들이 어찌나 내 생각 속으로 불쑥불쑥 끼어들었는지, 이루 말로 다 묘사할 수 없을 정도였다.

크루소는 스스로 자신의 상상력을 "공포에 찌들었다"라고 고백하며 "번개를 맞은 사람처럼," "유령을 본 사람처럼"이라는 표현으로 공포의 심각성을 표현한다. 그는 한숨도 자지 못하고 고민하면서 처음에는 이 발자국을 자신의 것이라고 여기며 안심하려 한다. 그러나 그 장소에 다시 가서 발자국의 크기를 직접 확인해 보았을 때 자신의 발보다 크다는 사실에 원주민의 발자국을 상상하고 학질에 걸린 사람처럼 또다시 공포로 부르르 떤다. 왜냐하면 서구의 상상 속에서 아메리카의 원주민은 식인종, 즉 야만인이기 때문이다.

크루소는 식인 행위를 직접 목격하지 않았으면서도 뼈나 핏자국, 살점 등의 흔적을 서술하고 원주민의 식인 축제를 상상한다. 그는 생명에 대한 불안을 해결하기 위해 우선 자신의 거주지에 원주민이 침입하지 못하도록 이중으로 성벽을 쌓고 일곱 군데의 구멍에 대포처럼 머스킷총을 설치하여 "요새"를 만든다. 또한 재산에 대한 불안을 해결하기 위해 많은 시간과 노동을 들여 한 곳에 있는 염소 울타리를 여러 곳으로 분산시켜 한쪽이 재난을 당해도 다른 쪽은 무사하도록 조치한다. 크루소는 이 모든 노동은 순전히 발자국 하나를 본 이유로 소모되었다고 고백하며, 이어서 "야만인과 식인종들의 손아귀에 사로잡힐 두려움과 공포가 내 정신을 워낙 강하게 사로잡아서"라거나 "매일 새날이 밝기 전에 죽임을 당해서 잡아먹힐 것을 예상하는 자의 극심한 고통과 심적 부담을 갖고"라고 고백하는 부분에서 알 수 있듯이 그의 불안의 요인은 대부분 식인종이라고 규정되는 원주민들 때문임을 추정할 수 있다. 그는 이 시기에 먹는 문제보다 신변의 안전에 더 신경을 썼는데 소리를 누가 들을까 봐 못 하나 박거나 나무 막대기 하나 자르는 것도 주저했고 같은 이유로 총 쏘는 것은 더욱 조심했으며, 무엇보다도 낮에 불을 피우는 것은 연기를 멀리서도 볼 수 있으므로 더욱 불안해한다. 그는 이러한 원주민의 침입에 대한 불안과 공포를 일기에서 다음과 같이 고백한다.

> 나의 심적 동요는 매우 컸으니, 내 잠자리도 불안했고 늘 무시무시한 악몽을 꿨으며, 한밤중에 자주 깜짝 놀라 깨기도 하고, 낮에는 엄청난 번민에 마음이 짓눌리다가 밤에는 이 야만인들을 죽이는 꿈을 꾼다.

크루소는 야만인들에 대한 불안에 시달리다 못해 악몽 속에서 그들을 죽이는 꿈을 꾸는 광기를 보이기까지 한다. 이것은 그가 야만인들, 즉 원주민을 자신의 생명과 재산을 빼앗을지도 모르는 두려운 존재로 여기고 있으며, 이러한 원주민을 죽이고 싶은 소망이 무의식인 꿈의 형태로 나타나는 것이다.

섬에서 포로 상태의 프라이데이를 구출 후 서로 신뢰하게 된 이후에도 크루소는 겉으로는 프라이데이에게 다정하게 대하지만 전적으로 그를 신뢰하지는 않는다. 크루소는 프라이데이가 언제든 그를 공격할지도 모른다는 불안으로 이미 주인과 노예의 관계로 분리되어있는 자신의 거처와 프라이데이의 텐트 사이의 이중 방벽에 문을 달아 그가 담장을 넘어온다면 시끄러운 소리에 잠을 깰 수 있도록 만반의 조치를 취해 놓는다. 또 프라이데이가 언젠가 자신의 나라로 돌아갈 기회가 생기면 그 동포들을 동원하여 자신을 잡아먹을지도 모른다고 의심하기도 한다. 이처럼 광기와 불안에 사로잡힌 크루소의 모습은 도전과 용기와 모험과 합리성의 모습과는 거리가 멀다.

『로빈슨 크루소』보다 약 50년 뒤인 1762년에 출판된 루소의 『에밀』(Émile)에서는 청소년기에 처음 읽어야 할 책으로서 『로빈슨 크루소』를 권장한다. 자연 상태에서 탐욕 없이 자급자족 경제를 실천하고, 동료 인간의 노동을 착취하지 않는다는 점 때문이다. 그러나 크루소는 정말 탐욕이 없었을까? 동료 인간을 착취하지 않았을까?

우선 탐욕에 대해 살펴보자면 섬에 고립되어있는 크루소는 표면적으로는 자신이 세상의 온갖 사악함으로부터 차단되어 있으

영국 소설, 인종으로 읽다

므로 "육신의 정욕과 눈으로 보는 욕망, 이생의 교만이 없었다"라고 요한복음을 인용하듯이 청교도적 절제의 윤리를 실천하는 것처럼 보인다. 또한 그는 이 섬에서 즐길 수 있는 모든 것을 갖고 있을 뿐 아니라 왕권이나 통수권을 다툴 경쟁자가 없기 때문에 탐욕이 싹틀 여지가 없다고 말한다. 그러나 그는 처음부터 아버지가 권하는 안락한 중산층의 삶을 마다하고 집을 뛰쳐 나와 런던행 배를 탔다가 폭풍으로 죽을 고비를 넘기고도 다시 17세기 중엽 당시 영국에서는 아직 불법이었던 밀무역에 참여하기 위해 아프리카 기니행 노예무역선을 타는 인물이다. 그 후 모로코의 영토인 살레에서 터키 해적선에 붙잡혀 2년간 노예로 살면서 또다시 죽을 고비를 넘기고 난 후 포르투갈 선박에 의해 구조되어 브라질로 간다. 거기서 넓은 땅에 사탕수수와 담배를 재배하여 큰 돈을 벌어 사업가로 성공을 거둔다. 그런데도 크루소는 만족하지 못하고 또다시 노동력 부족 문제를 해결한다는 명분으로 흑인 노예를 조달하기 위해 아프리카행 노예무역선을 탄다. 왜 그럴까?

크루소 자신도 "팔자를 고쳐보겠다는 황당하고 경박한 생각으로" 또는 "과도한 욕망을 좇아서 자연의 이치가 허락한 것보다 더 빨리 성공해보려고"라고 고백하듯이 그에게는 집을 떠나는 순간부터 이미 계급 상승에 대한 욕망이 도사리고 있었던 것이다. 그는 배를 탈 때도 "주머니에 돈이 좀 있고, 근사한 옷을 걸친 몸이기 때문에" 자신이 항해사와 같은 선원의 신분으로 배를 타지 않았고, 상인으로서 배를 탔다는 점을 강조한다. 이점 역시 자신은 선원같은 계층에 관심이 없다는 투로 계급 상승에 대한 욕망을 드러낸다.

섬에 표류한 후 크루소는 사실 이 섬이 카리브해 원주민들이 늘 방문하는 익숙한 곳인데도 불구하고 아무도 살지 않는 무인도로 간주하고 자신의 소유권을 행사한다. 그가 자신을 이 섬의 왕 혹은 황제라고 여기는 것도 왕이나 황제가 되고 싶은 계급 상승에 대한 노골적인 욕망에 다름 아니다. 그는 왕으로서 자신의 영토에 사는 원주민 프라이데이와 염소 약 40마리, 개 1마리, 고양이 2마리, 앵무새 폴 등 동물을 백성으로 칭한다. 게다가 이 섬에 들어온 카누 세 척에서 야만인들로부터 구출한 두 명의 포로인 프라이데이의 아버지와 스페인인도 자신의 백성에 포함시킨다.

내 섬은 이제 사람이 여럿 사는 곳이 되었으니 나는 아주 백성이 넘쳐난다고 생각했던 바, 내가 일종의 군주처럼 보인다는 그런 생각을 하며 아주 즐거워했다. 무엇보다도 이 모든 땅이 순전히 나의 재산이었고 나는 의심의 여지 없이 지배권을 갖고 있었다. 또한 내 백성들이 아주 완벽하게 내 밑에 종속되어 있었고, 나는 절대적인 군주이자 법을 부여하는 주군이었으니, 이들은 모두 내 덕에 목숨을 건졌고 그럴 경우가 생긴다면 모두 나를 위해 목숨을 던질 각오가 되어 있었다.

영국 소설, 인종으로 읽다

크루소는 이러한 백성들의 존재에 대해 기뻐하는데 그 이유도 이 백성들의 "교수형이나 사면, 구속"을 마음대로 행사할 수 있는 전제군주와 같은 절대적인 권력을 행사하게 된 점 때문이다. 게다가 이러한 특권이 영국의 왕족이나 귀족 계층에서처럼 자신의 후손들에게 세습될 것이라는 상상으로 그가 더욱 기뻐한다는 사실은 크루소가 계급 상승에 대한 욕망이 있다는 사실을 단적으로 드러낸다. 소설의 마지막 부분에서 영국 함대의 선상 반란을 제압할 때도 선장이 그에게 영국 식민지의 지배자를 칭하는 "총독"이라는 호칭을 쓸 때 그는 총독이 아닌데도 만류하지 않는다. 과연 이러한 크루소를 탐욕이 없다고 할 수 있을까?

동료 인간을 착취하지 않았을까?라는 질문에 답하기 위해 크루소와 프라이데이와의 관계를 살펴보자. 우선 이런 생각이 들 수 있다. 크루소가 섬에 포로로 끌려온 프라이데이를 죽음의 순간에서 구해주었으니 그 보은으로 프라이데이가 주인을 섬기는 것은 당연한 일이 아닌가? 크루소가 프라이데이에게 먹을 것, 입을 것을 무료로 제공해주므로 오히려 주인의 선의에 대해 고마운 감정을 표현해야 하지 않는가? 그렇다면 크루소는 어떻게 프라이데이를 만나게 되었는지 그 만남의 과정부터 알아보자. 섬에 표류한 지 23년째 되는 해에 원주민에 대한 두려움 때문에 섬을 탈출하고 싶은 욕망이 있는 크루소는 그 탈출에 반드시 노예가 필요하다는 생각에 집착하자 노예를 얻는 꿈을 꾸기도 한다.

꿈에서 나는 평소처럼 아침에 성에서 나와서 산책을 하는 중 해안 쪽을 보니 두 척의 카누에 탄 열 한 명의 야만인들이 해변으로 올라오는 것이 보였다. 그들은 죽여서 먹을 셈으로 다른 한 명의 야만인을 끌고 왔다. 그런데 그들이 죽이려고 하던 야만인이 갑자기 펄쩍 뛰어 달아나기 시작했다··· 그는 내 요새 앞 빽빽한 관목 숲으로 뛰어 들어와서 숨었다. 그는 혼자였고, 다른 자들이 이쪽으로 오지 않는다는 것을 확인한 다음 그에게 내 모습을 드러낸 후 웃으며 가까이 오라고 권하는 표정을 짓자, 그는 내 앞에 무릎을 꿇고 자신을 도와달라고 애원하여 나는 사다리를 내준 후 그리로 올라오도록 했고 내 동굴로 그를 데리고 와서 하인으로 삼았다.

이 꿈을 꾼 지 1년 반 이후 꿈은 현실이 된다. 크루소는 원주민들에게 포로 상태에서 도망가던 프라이데이를 발견하고 총과 칼로 제압하여 목숨을 살려준다. 프라이데이가 무릎을 꿇고 크루소의 발을 그의 머리 위에 올려놓고 무슨 말을 하는데 크루소는 이것을 복종의 표시, 즉 하인이 되겠다는 뜻으로 해석한다. 크루소는 섬에 고립된 이후 25년 만에 만나는 반가운 인간으로 타인종인 프라이데이를 대하는 것이 아니라 효용성에 가치를 두고 오직 자신의 탈출에 도움이 되는 쓸모있는 노예로서 그를 대할 뿐이다. 크루소는 모험의 과정 중에 마주치는 타인종은 모두 노예로 간주한다. 작품 초반에 터키 해적선에서 크루소와 함께 노예 상태였던 무어인 슈리도 노예 탈출 과정에서는 당연하게 크루소의 탈출을 도와주는 노예로 취급된다. 크루소는 슈리에게 "나에게 충성하면 너를 대단한 사람으로 만들어 주겠지만 그렇지 않으면 바다에 던져버릴 것이다"라고 총으로 위협하여 그를 노예로 만든다. 그러나 크루소는 나중 포르투갈 선박에 의해 구조된 후 선장에게 슈리를 팔아버림으로써 "대단한 사람을 만들어 주겠다"라는 약속을 쉽게 저버린다. 그 후 브라질의 농장에서 노동할 노예가 부족할 때 슈리를 팔아버린 것을 뒤늦게 후회한다. 슈리의 사례를 통해서 볼 때 크루소는 사람을 노예로 팔고 사는 노예매매 행위에 대해 아무런 문제의식이 없다. 이처럼 백인인 크루소에게 타인종은 자신의 탈출이나 농장 일에만 쓸모있는 노예로 취급될 뿐이다.

크루소는 프라이데이가 야만인이라는 이유로 총과 칼을 무기로 그에게 복종을 맹세하게 한 후 농사일을 돕는 노예로, 또 원주민의 언어를 통역하는 통역자로, 자신의 신변을 지켜주는 호위병으로, 또 길 안내자로 삼는다. 크루소가 "프라이데이는 아주 기꺼이 일할 뿐 아니라 매우 열심히 일했다"라고 서술하듯이 프라이데이는 크루소에게 엄청난 노동력을 제공한다. 프라이데이는 자신의 의지와는 상관없이 오직 무기를 든 크루소의 뜻대로 노동에 대한 정당한 임금을 지불받지 못하고 주인에게 봉사하고 외부의 위험으로부터 주인을 수호하는 노예로서의 노동을 착취당한다.

이러한 크루소를 동료 인간을 착취하지 않는 인물이라고 주장할 수 있을까?

『로빈슨 크루소』는 영국성과 영국 문화를 끊임없이 상기시키는 애국적 서사이다. 크루소는 아버지가 영국에 정착해 큰 돈을 번 독일 브레멘 출신 상인이지만 철저히 영국적인 정체성을 고수하는 인물이다. 그는 약 35년간 영국을 떠나 있으면서도 지리적 경계를 넘어 끊임없이 자신이 영국 국민이라고 상상한다. 28년간 표류된 섬에서 그를 구출하는 것은 바로 "내 동포, 그리고 동지"가 타고 있는 "영국 선박"에 의해서다. 그는 고립무원의 섬에서도 모든 현상을 신의 섭리로 해석하고, 성경을 읽으며, 아버지의 말을 듣지 않은 것에 대한 성찰과 참회를 하고, 근면을 실천하는 등 종교적으로 신교도로서 생활함으로써 영국인의 정체성을 유지한다. 그가 "육신의 정욕과 욕망, 이생에 자랑이 없었다"라고 말하는 것은 성적 욕망을 포함한 일체의 욕망에 대한 금욕과 절제를 중시하는 청교도적 윤리의 표현이다.

구교인 가톨릭에 대한 적대적 감정은 신교도로서의 영국성을 유지하는데 필수적인 요소이다. 그는 원주민을 야만인들이라고 늘 혐오하면서도 야만인들에게 넘겨져서 산 채로 먹히는 게 잔인무도한 스페인 사제들의 손아귀에 붙잡혀서 종교 재판소에 끌려가는 것보다는 낫다고 말할 정도로 구교에 대한 강한 반감을 표현한다. 그가 브라질에 정착할 수 없는 이유도 그곳에서는 구교인 가톨릭을 믿어야 하기 때문이다.

영국 소설, 인종으로 읽다

그는 프라이데이에게 기독교를 전파할 때도 프라이데이가 믿는 "베나무키"라는 종교가 가톨릭처럼 사제가 있다는 사실에 경악한다. 이것은 당대 영국의 신교도가 개인과 신의 관계에서 사제의 개입을 용납하지 않는 것처럼 크루소 역시 가톨릭의 사제라는 제도를 "종교를 신비롭게 만들려는 계략"으로 인식하기 때문이며, 이런 점에서 크루소는 구교를 이교도인 야만인의 종교와 다를 바 없이 취급하는 것이다.

크루소는 또한 다른 유럽인과 비교하여 상대적으로 영국인의 우월함을 드러낸다. 그가 난파된 스페인인이 영국인인 자신과 달리 배도 없고 배를 만들 도구나 아무런 재료가 없어서 "고민을 하다가 절망의 눈물이나 흘리고 말았다"라고 서술하는 대목은 무엇을 만드는 능력에서 영국인의 능력과 기술이 스페인인에 비해 뛰어나다는 것을 강조한다.

디포는 『로빈슨 크루소』가 출판된 지 5년 후 1724년~26년에 『대 브리튼 섬 전체를 경유한 여행기』를 출판하는데, 이것은 영국의 자연과 전원에 대한 디포의 사고를 고찰할 수 있는 중요한 문헌이다. 이 여행기는 잉글랜드뿐만 아니라 웨일즈, 스코틀랜드 등 브리튼 섬 전체를 포함하고 있으나 기본적으로 브리튼 섬 남부의 전원적 풍경을 찬양하고, 북부의 황량한 풍경을 싫어한다는 점에서 잉글랜드에 대한 애국적 서사의 성격을 갖는다. 디포가 찬양하는 영국적 풍경은 "시골 신사들의 저택, 질서정연하게 구획된 땅, 목초지, 풀밭, 그리고 많은 수의 가축들"로 요약된다. 그가 유쾌한 땅이라고 평가하는 곳은 "잘 경작되고 구획된 넓은 평야"이다. 이처럼 디포의 시각에서는 풍요로움, 질서, 푸른 초목이 영국성을 대표하는 가치이다. 디포는 다른 국가에 비교해서도 영국의 풍경이 가장 아름답다고 주장한다는 점에서 영국중심주의와 영국 민족주의를 강조하는 측면이 있다.

이러한 『여행기』에 드러난 디포의 영국성에 대한 강조는 『로빈슨 크루소』에서도 그대로 엿볼 수 있다. 당시 영국인들이 세계의 어디를 가든 작은 영국을 만들듯이 크루소는 자신이 정복한 섬에 자신만의 소우주인 작은 영국을 만든다. 그는 앞에서 살펴보았듯이 중세 봉건제의 영국 귀족들처럼 자신이 거처하는 동굴을 성이라 부르고, 자신을 그 성의 영주로 부를 뿐 아니라 영국 귀족처럼 바닷가 옆에 시골 별장을 만든다. 그는 자신의 거처지를 부엌, 식당, 창고 등으로 꾸밈으로써 전형적인 영국의 가정을 복원하려 한다. 또한 여러 가지 곡식과 과일로 부족함 없이 풍요롭게 살면서 40마리 이상의 염소를 기르기 위해 영국에서처럼 목초지에 질서정연하게 구획된 인클로저를 만들고, 영국식 푸른 전원과 유사한 계곡 옆 푸른 녹지를 발견하고 너무나 기뻐한다.

크루소는 원주민 프라이데이에게 이러한 영국성과 영국 문화를 내면화시킨다는 점에서 영국 문화를 강제로 전파하고 확산시키는 제국주의 시대의 선교사와 같은 역할을 한다. 그는 소위 문명인인 영국의 언어, 종교, 문화를 야만인인 원주민 프라이데이에게 강제로 주입시킨다. 언어적인 측면에서 보면 원래 프라이데이가 갖고 있던 원주민의 고유한 언어로 된 이름은 무시되고, 금요일에 만났다고 하여 영어로 프라이데이라고 이름을 부여한다. 이 것은 백인 노예주들이 흑인 노예들에게 부르기 쉬운 이름을 부여하는 전형적인 방식이다. 이름 외에 그가 영어로 처음으로 가르치는 낱말은 동등한 관계에서 부르는 크루소라는 이름이 아니라 지배와 종속을 세뇌시키는 "주인님"이라는 단어이며, 그 외의 영어로는 "예"와 "아니요" 정도로 노예의 노동에 필수적인 언어뿐이다.

또한 종교적인 면에서 크루소가 프라이데이에게 기독교를 전수하는 방식은 전형적인 선교의 매뉴얼을 제공해준다. 그는 프라이데이가 '베나무키'라는 원주민이 숭배하는 고유한 신을 믿는데도, 그 신을 기독교의 관점에서 사탄 혹은 악마로 규정하고 강제로 기독교도로 개종시킨다. 이러한 선교 과정에서 평소 이성과 합리를 표상하는 크루소의 논리에 무리가 드러난다. 크루소는 만물의 창조주로서의 하나님에 대해 가르칠 때는 자연을 예로 들 수 있어서 증거에 큰 문제가 없으나 사탄(악마)의 개념을 가르칠 때는 눈에 보이는 자연법칙이 없어 프라이데이의 질문에 뭐라고 답해야 할지 "당황스러웠다"고 고백한다. "악마가 나쁘다면 왜 하나님은 악마를 죽이지 않나요?"처럼 프라이데이가 신과 악마에 관해 당혹스러운 질문을 할 때면 "못 들은 척"하기도 한다.

크루소는 프라이데이와 같이 산 3년을 "완전한 행복"의 기간으로 서술했는데 그 이유는 야만인인 프라이데이가 하나님의 섭리로 자신을 만나 영국인보다 더 독실한 기독교도가 되었다는 점,

그 결과 그들이 마치 "영국에 있는 것이나 마찬가지"로 영국 국민이 되었다는 점 때문이다. 다시 말하면 크루소는 영국을 떠나 살면서도 끊임없이 기독교도로서의 영국인의 정체성을 상상하고 환기한다. 프라이데이에게 기독교를 가르치던 어느 날 그가 크루소에게 "당신은 야만적인 사람들을 온순한 사람 되게 가르치고, 하나님을 알게 해준다는 점에서 좋은 일을 많이 한다"라고 칭찬하는 점을 서술한다. 이것은 피식민자로 하여금 영국인의 행위는 총과 칼을 든 야만적인 행위가 아니라 문명인의 행위임을 인정하도록 하는 전략이나 다름없다. 이러한 방식으로 크루소는 피식민자를 영국인으로 동화시키는 제국주의 매뉴얼을 제공한다.

이뿐만이 아니다. 크루소는 프라이데이에게 여러 가지 방법으로 영국 문화를 주입한다. 그는 유럽 여러 나라 중 영국인들이 사는 방식, 신을 섬기는 법 등, 특히 영국에 대해 프라이데이에게 많은 이야기를 해준다. 그는 프라이데이의 식인 습관을 제거한다는 명분으로 염소젖과 빵 먹는 법 등을 가르침으로써 영국 음식 문화를 주입 시킨다. 그리고 화약과 총탄의 원리를 가르쳐주고 총쏘는 법을 가르치며, "영국에서 단도를 차고 다니듯" 칼꽂이가 달린 가죽띠를 만들어 주고 단도 대신 손도끼를 차고 다니게 했다고 쓰듯이 첨단 살인 무기인 영국의 문명을 전수한다.

당대 전형적인 식민 담론에서는 영국인이 아메리카 원주민을 마주칠 때 영국인을 기준으로 원주민에게 없는 것은 결핍으로 규정한다. 크루소는 영국인의 잣대로 옷을 입지 않는 것은 비정상이라고 규정하고 프라이데이에게 강제로 염소 가죽으로 옷을 만들어 입힌다. 크루소는 프라이데이가 옷을 입는 것을 거북해하고, 어색해하고, 조끼의 팔 구멍에 어깨와 팔 안쪽이 닿아서 살이 까졌다는 사실을 인정하면서도 프라이데이가 점차 흡족해하고 옷 입는 것을 아주 좋아했다고 일방적인 느낌을 서술하고 있다.

머리말에서 보듯이 제국주의는 지배자와 피지배자, 즉, 우월한 '우리'와 열등한 '타자'를 이분법적으로 구분하는 차이를 만들어내는데 엄청난 에너지를 쏟으며 그 차이를 생물학적 인종주의에서 찾았다. 생물학적 인종주의는 타자의 신체를 괴물, 동물, 식인종, 흡혈귀 등으로 부정적으로 인식했다. 18세기, 19세기에 영국에 만연한 이 생물학적 인종주의는 백인이 아닌 식민지의 열등한 '타자'를 억압하고 착취하는 제국주의 담론을 정당화했다.

이 소설에서 크루소는 프라이데이를 식인종으로 규정하면서도 그의 신체와 외모의 특징을 유럽인과 유사한 성격으로 묘사하고 있다. 이러한 묘사는 영국인의 아메리카 원주민에 대한 전형적인 묘사와 약간은 차이가 있다. 그러나 그가 문명인/야만인의 이분법을 포기한 것은 아니다.

이 친구는 곱상하게 잘 생긴 얼굴에 체구도 건장했고, 팔과 다리가 튼튼하면서도 너무 크지도 않게 적당하고 든든해 보였으며, 키가 훤칠하고 몸매도 좋았으며 내 짐작으로는 대략 26세 정도 되어 보였다. 또한 인상이 아주 좋았으니 [식인종처럼] 사납거나 뾰루퉁한 구석이 없으면서도 뭔가 사내다운 어떤 점을 지니고 있었다. 그러면서도 유럽인처럼 사랑스러움과 부드러움까지 있었으니 특히 미소지을 때가 그랬다. 머리칼은 검은색 직모로 양털처럼 꼬불꼬불하지 않았고, 앞이마가 훤하고 반듯했으며 눈이 반짝반짝 빛나는 게 생기가 물씬 넘쳐났다. 피부색은 그렇게 검은 편은 아니며, 진한 황갈색이나 브라질, 버지니아, 혹은 여타 아메리카 원주민들처럼 보기 싫게 누리끼리한 역겨운 황갈색이 아니라 딱히 뭐라고 묘사하기는 쉽지 않지만 매우 기분 좋은 느낌을 주는 짙은 올리브 색이었다. 얼굴은 둥글었으나 퉁퉁하지는 않았고, 코는 작은 편이나 흑인들처럼 납작하지 않았으며, 입이 아주 반듯했고 입술은 얇았으며 이빨도 촘촘히 잘 나 있었고 상아처럼 흰색이었다.

크루소는 아내가 없는 상태에서 동반자를 욕망하면서 프라이데이의 신체와 외모를 "잘생긴 얼굴," "건장한 체구," "훤칠한 키," "좋은 몸매" "훤한 이마," "빛나는 눈" 등 유럽인처럼 긍정적으로 그리려고 애쓴다. 그럼에도 불구하고 기본적으로 유럽인의 얼굴에는 "사랑스러움"과 "부드러움"이라는 특성을 부여하고, 반대로 원주민의 얼굴은 식인종 특유의 "사납거나 뾰루퉁한" 특성을 부여하여 이분법적으로 구분하고 있다. 더구나 "머리칼이 양털처럼 꼬불꼬불하지 않고"라거나 "코가 흑인들처럼 납작하지

영국 소설, 인종으로 읽다

않았다"라는 묘사에는 흑인의 신체를 비하하는 표현이 여전하며, 프라이데이의 "짙은 올리브 색" 피부를 강조하기 위해 브라질, 버지니아, 혹은 여타 아메리카 원주민들의 피부를 "보기 싫게 누리끼리한 역겨운 황갈색"으로 정형화하는 등 인종차별이 뚜렷한 언어를 사용하고 있다.

크루소와 프라이데이의 만남은 서구의 문명인/야만인이라는 이분법을 단적으로 보여준다. 앞에서 살펴보았듯이 크루소는 식인 행위를 직접 목격하지 않았으면서도 뼈나 핏자국, 살점 등의 흔적만 보고 원주민의 식인 축제를 상상하고 이들을 "악마 같은 야수성"을 보여주는 야만인으로 규정한다. 그리고 이러한 야만인들과 달리 자신을 문명 세계에 태어나 살게 해준 하나님에게 감사한다고 하는 데서 알 수 있듯이 원주민을 열등한 야만인으로 멸시하는 문명인의 자만을 분명히 드러내고 있다. 크루소는 섬에서 처음 마주친 원주민 프라이데이를 식인종, 즉 야만인으로 간주하고 노예로 삼는 것을 당연하게 여긴다. 그러나 크루소가 섬에 산지 24년 째 되는 해에 스페인 선박이 난파된 것을 발견했을 때는 스페인인은 백인이고 자신의 동료로 간주하여 "동료 인간 단한 사람이라도 살아 남았다면" 하면서 아쉬워한다. 그리고 막상 스페인인이 식인의 희생자로 잡혀왔을 때는 극도의 분노를 감추지 못한다. 이처럼 원주민은 백인이 아닌 타인종이라는 이유로 반드시 제거해야할 야만인으로 규정된다.

그런데 누가 더 야만인일까? 크루소는 원주민을 무조건 야만적인 식인종이라고 단정하지만 프라이데이에 의하면 원주민은 평소에는 식인 행위를 하지 않고, 전쟁 후 절대 항복하지 않는 포로들을 처리하기 위해 식인 의식을 행한다고 한다. 다시 말하면 식인은 원주민들의 종교적인 의식에 가까운 것이다. 서구의 식인 이데올로기는 원주민에 대한 폭력적 행위를 정당화하기 위한 명분이었다. 식민지 확장의 과정에서 원주민을 무분별하게 죽이는 서구 백인들의 행위가 오히려 더 식인에 가까운 야만적인 행위가 아닐까? 크루소가 말하는 문명은 곧 총이다. 문명은 폭력과 정복과 착취를 정당화한다는 점에서 야만의 다른 이름인 것이다. 디포와 동시대 작가인 조나단 스위프트의 『걸리버 여행기』에서도 대인국의 왕은 화약과 무기의 발명을 문명의 힘으로 자랑하는 걸리버에게 "당신이 그렇게 떠벌리는 문명이라는 것이 결국 피와 파괴를 부르는 비인간적인 기술 아니요?"라고 문명인이라는 영국인에게 일격을 가한다.

영국이 17세기에 해외 식민지 확장을 본격적으로 시작하기 전 초창기인 16세기 말의 영국인의 이데올로기를 엿볼 수 있는 문헌으로 1595년에 출판된 월터 롤리의 『기아나의 발견』이 있다. 기아나는 남미 오리노코강 유역의 황금의 나라라고 알려진 곳인데, 그 당시 이 지역은 이미 스페인의 식민주의에 의해 폭압과 침탈을 겪고 있었다. 롤리가 만난 한 원주민은 자신들을 밥 먹듯이 죽인 스페인인을 오히려 식인종으로 생각하고 영국인도 같은 백인으로서 식인을 할까 봐 공포에 떨고 있었다고 기록하고 있다.

영국 소설, 인종으로 읽다

이 이야기는 스페인의 잔인성과 야만성을 환기하면서 또한 식인이라는 개념이 서구가 인위적으로 만들어 유포한 만들어진 이데올로기임을 드러내준다. 롤리는 이 당시 신대륙 개척에 있어서 스페인보다 후발 주자인 영국은 품격과 덕성을 갖춘 여왕의 나라로서 잔인한 스페인과는 차별성을 가지면서 원주민을 인간적으로 대하고 우호적인 관계를 유지해야 한다는 점을 강조하고 있다. 영국이 해외 식민 활동의 초창기에 가졌던 이러한 생각은 그대로 유지되었는가? 제국주의란 폭력과 침탈을 먹고 산다. 영국 역시 17세기에 이르러 스페인을 제치고 대서양을 제패하면서 스페인이 걸었던 폭압과 침탈로 점철된 제국주의의 역사를 더 정교한 방법으로 되풀이한다.

이 소설에서 크루소 또한 마찬가지이다. 그는 제2의 콜럼버스라고 할 수 있다. 콜럼버스는 아메리카 대륙을 발견하고, 원주민들을 문명화라는 명분으로 가톨릭으로 개종을 시키면서 그 과정에서 원주민을 살육하는 야만을 저지른다. 15세기에 콜럼버스가 있다면 18세기에는 크루소가 있다. 그는 아메리카 식민지에서 수백만 명의 원주민을 죽이면서 제국주의의 길을 앞서간 스페인인의 잔인성과 야만성을 비판하면서 처음에는 연민과 자비를 베푸는 기독교 국가인 영국은 스페인과 달리 원주민을 인간적으로 대해야 한다고 생각하는 차별성을 부각시킨다. 그러나 크루소는 점점 스페인인과 마찬가지로 동물이든 인간이든 자신에게 복종하지 않는 존재는 가차 없이 총살하는 잔인성과 야만성을 보인다.

그는 말을 듣지 않는 야생 염소나 늙은 개뿐만 아니라 반항하는 원주민들, 그리고 백인들이라도 선상 반란을 도모한 반역자들을 총살할 때는 주저하지 않는다. 그는 새끼 염소가 어미 염소 옆에서 젖을 먹고 있을 때도 요기를 하기 위해 어미 염소를 총으로 쏘며, 프라이데이가 인육의 맛을 잊도록 할 때도 평화롭게 누워있는 새끼 염소를 죽이는 폭력적인 방법을 동원한다. 또한 자신이 힘들여 농사지은 곡식을 먹는 새들에 대한 분노를 참을 수 없어 세 마리를 총으로 쏜 후 "영국에서 흉악한 도둑들을 처리하듯 다른 새들에게 겁을 주기 위해" 죽은 새들을 사슬에 매달아 놓는다.

크루소는 특히 원주민들의 식인 행위에 대한 분노로 그들이 불을 피우는 곳 아래에 화약을 묻어두었다가 불을 피우면 터지도록 하여 그들을 몰살시키거나 권총과 칼로 돌격하여 20명이나 30명의 원주민을 칼로 사정없이 베어 죽이고 싶은 살인과 파괴의 충동을 표출하기도 한다. 그런데 그는 생각만이 아니라 실제로 카리브 원주민 21명을 죽이는데 처음에는 영국인의 도덕성을 의식해 죽일 명분을 따지며 주저함으로써 스페인인과 차별화하려는 정교한 전략을 쓴다. 그러나 곧 "영혼 속속들이 분노가 활활 타올라" 종교적인 명분, 즉 "하나님의 이름"으로 그들을 학살한다. 그들이 부상으로 피를 흘리는 모습을 보면서도 "미친 놈들 처럼 꽥꽥 소리를 질러대며 대부분은 피투성이로 꼴좋게 부상을 입었다"라고 묘사하면서 폭력을 즐기고 있다.

크루소는 영국 선박에서 선상 반란을 일으킨 자들을 협박할

영국 소설, 인종으로 읽다

때 섬의 총독이 아니면서도 자신이 사형집행 권한이 있는 총독임을 참칭한다. 그는 반란자들에게 영국에 가서 선상반란과 선박강탈죄로 재판을 받고 사형에 처해지든지 아니면 이 섬에 남을 것인지를 선택하도록 함으로써 자신이 영국 본토에 귀환한 후에도 지속적으로 섬을 관리할 인력을 확보한다. 그는 반란자들을 아메리카의 백인 노예주들이 흑인 노예를 처벌하듯이 "등짝에 매질을 가하고 소금을 상처에 뿌리는" 방법으로 "아주 다소곳한" 선원들로 만들었다고 자랑한다. 이렇게 하여 크루소는 스페인인과 선상반란을 주도한 자들에게 강제로 섬의 관리를 맡기고 영국으로 귀국한다. 그 후 약 20년이 지난 시점에 돌아와서 그곳을 공공연하게 "나의 섬" 혹은 "나의 식민지"라고 부르며 인구 증가를 위해 적당한 수의 여자를 섬에 공급해 아내로 취하도록 하는 등 자신의 식민지의 소유권을 영원히 행사한다.

이러한 모습은 법적으로 재판의 권리가 없는 크루소가 식민지의 총독을 참칭하며 폭력적인 방법으로 반란자를 처벌하고 길들인다는 점에서 식민지의 노예 길들이기의 매뉴얼을 제공해준다고 할 수 있다. 앞에서 이야기했듯이, 디포는 상인 계급으로서 노예제와 노예무역에 대해서는 국가의 부를 축적한다는 측면에서 기본적으로 찬성하면서도 노예무역상의 잔인성에 대해서는 비판을 한 바 있다. 그러나 크루소가 반란자를 진압하는 과정에서 보여준 지나친 잔인성은 디포의 비판을 무색하게 한다.

지금까지 우리는 크루소가 도전과 모험과 용기의 아이콘으로

익히 알려져 있는 바와 달리 오히려 노예무역상으로서 불법적인 행위를 당연시하는 범법자, 자신의 사유재산이 빼앗길까 봐 늘 불안과 공포에 사로잡혀 있는 정신질환자, 계급 상승과 권력에 대한 노골적인 욕망을 지닌 탐욕자, 자신에게 복종하지 않는 존재에 대해서는 가차 없는 폭력을 행사하는 잔인한 식민주의자, 타인종을 야만적이고 열등한 식인종으로 간주하여 노예로서 노동력을 착취하는 것을 당연하게 여기는 인종주의자, 영국 문화를 우월한 문명인의 문화로 기정사실화하고 타자에게 강제로 그 문화를 주입하려는 민족주의자적 모습을 드러내고 있음을 상세히 살펴보았다.

대니얼 디포의 『로빈슨 크루소』에 나타난 이러한 인종주의와 식민주의적 충동을 비판하여 현대 작가들은 『로빈슨 크루소』 다시 쓰기를 시도한다. 남아프리카 공화국 작가인 J. M. 쿳시(J. M. Coetzee)는 『로빈슨 크루소』를 "신세계에서의 새로운 영국 식민지 건설에 대한 뻔뻔한 선전물"이라고 혹평하며 1986년 남성적 서사인 『로빈슨 크루소』와는 다른 여성 화자와 늙은 크루소를 등장시키는 『포』(Foe)라는 작품을 다시 쓴다. 프랑스 작가인 미셸 투르니에(Michel Tournier)의 『방드르디』(Vendredi, 1967)는 프라이데이의 입장에서 『로빈슨 크루소』를 재해석하여 문명인 크루소와 야만인 방드르디(프라이데이)가 만나 문명과 야만이 전복되고, 둘 사이에 평등한 관계를 회복하는 새로운 관점으로 쓴 소설이다.

영국 소설, 인종으로 읽다

제2장

누가 괴물인가?:
메리 셸리의 『프랑켄슈타인』

영국문학사 전체를 통틀어서 볼 때 메리 셸리(Mary Shelley)의 가족 관계는 특별하다. 그녀는 19세기 초반, 당대 영국의 최고의 지성인이며, 급진적 사상가인 아버지 윌리엄 고드윈(William Godwin)과 영미 최초의 페미니스트로서 『여성의 권리 옹호』를 쓴 어머니 메리 울스톤크래프트(Mary Wollestonecraft)의 영향을 받아 폭넓은 독서로 근대의 지적 탐색에 몰두한다. 또한 그녀와 사랑의 도피행각을 벌이고 결혼한 남편은 영국의 세기적인 반항아이며 낭만주의 시인인 퍼시 비시 셸리(Percy Byssey Shelley)이다. 2017년 영화 『메리 셸리』의 포스터에서 보는 것처럼 그녀는 자신을 낳다가 산욕열로 사망한 어머니의 무덤 옆에서 책을 읽곤 했다. 이러한 어머니의 이른 죽음, 그리고 남편의 불의의 익사, 그 외 자신과 가까운 주변 여러 인물의 자살로 인한 안타까움은 『프랑켄슈타인』에서 새로운 생명체의 탄생과 죽음을 다루게 되는 계기가 된다.

『프랑켄슈타인』(Frankenstein)은 1818년, 메리 셸리가 불과 19세의 젊은 나이에 발표한 영국의 대표적 고딕소설로서 SF소설의 효시라고 할 수 있다. 이 소설은 고딕소설이라는 점 때문에 사실주의처럼 정확한 시간적 배경이 드러나지는 않지만 대강 프랑스혁명 이후 1790년대의 유럽을 소설의 배경으로 삼고 있다고 추정된다. 프랑켄슈타인은 이 소설 속에서 괴물을 창조하는 과학자의 이름으로 등장하지만 1931년 영화 이후 대중들에게는 오히려 그 과학자가 창조한 괴물의 이름으로 널리 알려져 왔다.

『프랑켄슈타인』은 하부 장르라는 고딕소설이라는 특성으로 인하여 발표 초기에는 영국 문학사에서 크게 평가받지 못했다. 그러나 현대에 와서는 괴물을 억압받는 소수자로서, 또는 성적, 계급적 약자로서 접근할 뿐만 아니라 정신분석학적 접근, 생태 비평적 접근 등 가히 "비평의 산물"이라 할 정도로 다양한 비평이 쏟아져 나온다. 특히 21세기 포스트휴먼 시대가 도래하면서 이 괴물은 인간의 자궁이 아닌 실험실에서 태어난 존재로, 거대한 몸집과 초인적인 힘을 지니고, 언어 습득력도 인간보다 뛰어나다는 점 때문에 최초의 포스트휴먼적 존재로서 더욱 조명을 받고 있다.

이 작품의 서술 형식 또한 독특한 액자구조로 되어있다. 액자의 맨 바깥에 서술자인 영국인 탐험가 로버트 월튼(Robert Walton)이 누이에게 보내는 편지가 있고, 그 안에 제네바인 과학자인 빅터 프랑켄슈타인(Victor Frankenstein)의 서술, 그 안에 프랑켄슈타인이 창조한 괴물의 이야기, 그 안에 괴물이 언어를 배우는 프랑스인 펠릭스 드 라세(Felix de Lacey)의 이야기가 겹겹이 둘러싸여 액자처럼 구성되어 있다. 이야기의 뼈대는 북극을 탐험하고자 하는 야심으로 영국을 떠나 망망대해에서 외롭게 항해 중인 월튼 선장이 친구가 필요하다고 생각하는 순간에 자신이 창조한 피조물

(creature)을 추격하는 프랑켄슈타인을 만나 그의 사연을 듣는 형식이다.

메리 셸리는 19세기 영국 작가 중 드물게 유럽인의 시각에서 볼 때 괴물인 존재에게 목소리를 부여하고 있다. 괴물은 이 소설의 화자 중 한 명으로서 자신의 삶에 대해 제2권 3장부터 8장까지를 직접 서술한다. 필자가 이 책『영국 소설, 인종으로 읽다』의 후반에서 다루는 샬럿 브론테의『제인 에어』속 타인종 버싸(Bertha)와 아서 코난 도일의『네 사람의 서명』속 타인종 통가(Tonga)는 『프랑켄슈타인』의 괴물과 마찬가지로 취급되어 자신을 변호하거나 주장할 한 마디의 목소리도 낼 수 없다. 독자는 오직 영국인 서술자인 제인이나 셜록 홈즈의 목소리를 통해서만 그들에 대해 파악할 수 있을 뿐이다. 그러나 셸리는 인종적 타자라 할 수 있는 괴물에게 자신의 목소리로 말을 하게 함으로써 독자가 그를 동정하고 또한 그와 "공감"할 수 있는 길을 열어준다.

『프랑켄슈타인』은 아담 스미스(Adam Smith)의『도덕 감정론』(1759)에서 설명하는 "공감" 이론을 구체적인 소설로 형상화한 작품이다. 스미스에 의하면 "공감"은 **상상력**과 동의어이다. 즉, "공감"이란 타인에 대한 동정과 연민의 감정에서 한 걸음 더 나아가 역지사지의 심정으로 타인의 처지에서 그의 기쁨과 슬픔을 나의 기쁨과 슬픔으로 **상상**함으로써 그의 감정을 공유할 수 있는 능력을 말한다.

『프랑켄슈타인』에서 이러한 스미스의 "공감"에 해당되는 예는 피조물이 펠릭스에게 언어를 배우기 전에 눈먼 드 라세 노인이 연주하는 음악을 듣고 느끼는 감정에서 찾아볼 수 있다. 드 라세 집안의 헛간에서 가난하지만 사랑과 "공감"으로 넘치는 가족의 삶을 관찰하고 있던 피조물은 어느 날 노인이 아름답고도 구슬픈 음악을 연주했을 때 딸인 애거써가 감동을 받아 흐느끼고, 그 소리를 들은 노인이 친절과 사랑이 넘치는 미소를 지으며 자신의 발 앞에 꿇어앉은 애거써를 일으키는 것을 보면서 "특별하고도 압도적인 감정"을 느낀다. 그는 그 느낌은 "고통과 즐거움이 뒤섞인" 감정으로서 "지금까지 굶주림이나 추위, 따뜻함이나 음식 같은 데서 결코 느껴보지 못한" 감정이라고 고백한다. 이처럼 피조물이 노인과 애거써가 느끼는 기쁨과 슬픔을 그들의 처지에서 상상함으로써 "고통과 즐거움이 뒤섞인" "특별하고도 압도적인 감정"을 그들과 공유하는 것이 스미스가 말하는 "공감"인 것이다. 그 후에도 피조물은 "그들이 불행하면 나도 우울했고, 그들이 기쁠 때면 나도 그 기쁨에 공감했다"라고 하며 상상력의 힘으로 타인과 슬픔과 기쁨을 "공감"할 줄 아는 존재가 된다.

이처럼 인간 사회에서 사랑과 "공감"의 중요성을 깨달은 피조물은 인간들이 자신을 향해서도 그러한 사랑스러운 표정이 담긴 "공감"을 할 수 있기를 꿈꾸기 시작한다. 피조물이 본격적으로 언어를 배우기 전에 이 '공감'의 감정을 느낀다는 점은 의미심장하다. '공감'은 언어 없이도, 또 서로 사용하는 언어가 달라도 경험이 가능한 감정인 것이다.

피조물은 언어를 터득한 후 『실낙원』과 『젊은 베르테르의 슬픔』을 읽고 주인공의 처지에 대해 "공감"하기도 하며, 또한 그들의 처지를 나의 처지와 비교해보기도 한다. 그는 특히 『실낙원』을 읽으며 천국과 지옥의 개념을 "공감"과 연관하여 이해한다. 그가 상상하는 천국은 "사랑스러운 존재들이 나의 감정에 **공감**하고, 나의 우울함을 위로해주는" 곳이다. 지옥은 당연히 "공감할 수 있는 존재가 없는" 곳이다. 피조물은 자신이 사탄보다도 못한 존재라고 생각한다. 왜냐하면 사탄이 천국에서 추방되었다고 해도 그는 "공감"을 나눌 동료가 있어 고독하지 않기 때문이다.

드 라세 가족과 책을 통하여 비언어 및 언어로 "공감"을 경험한 피조물은 프랑켄슈타인을 비롯한 인간들에게 "나와 공감해 달라"라고 지속적으로 호소한다. 그러나 그들은 계몽주의의 전형적인 인식 방법인 시각 중심으로 대상을 인식하기 때문에 인간을 분류하는 데 피부색을 가장 중요하게 생각하는 인종주의적 편견을 가질 수밖에 없으므로 상상력이 요구되는 '공감'의 가능성이 차단된다.

이 작품의 부제는 "근대의 프로메테우스"이다. 메리 셸리는 인류에게 불을 가져다 준 그리스 신화의 프로메테우스를 차용하여 근대의 프로메테우스로서 타자와 "공감"하지 않는 프랑켄슈타인을 포함한 이 작품의 세 명의 남성 인물들의 인종주의적 편견을 비판하고 있다. 호기심 많은 탐험가인 영국인 월튼 선장은 북극 탐험을 떠나지만 사실은 동양으로 가는 새로운 항로를 개척하려는 식민주의적 야심을 갖고 있다. 과학자인 프랑켄슈타인은 어머니의 죽음에 대한 충격에다가 과학에 대한 맹신으로 신인류를 창조하여 질병과 죽음을 해결하려고 한다. 이러한 월튼과 프랑켄슈타인의 기획은 표면적으로 볼 때는 "모든 인류에게 이루 헤아릴 수 없는 혜택을 주기 위한 것"이라는 근대 계몽주의의 형제애와 세계시민주의, 즉 코즈모폴리터니즘에 기반한 선한 의도를 갖고 있다. 그러나 실제는 어떨까?

먼저, 로버트 월튼부터 살펴보자. 그는 영국에 있는 가족을 떠나 북극으로 향하는 망망대해에서 새로운 가족이 될 형제, 즉 "나와 공감할" 친구가 필요하다고 말한다. 월튼은 주위에 대화를 나눌 선원들이 있으나 그들을 자신과 "공감"할 친구로 여기지 않는다. 월튼이 말하는 친구나 형제는 인종적, 성적, 계급적, 종교적으로 자신과 동일한 사람을 지칭하며, 그렇지 않은 타자를 은연 중 차별하고 배제하고 있다. 그와 우정이나 형제애를 나눌 친구는 인종적으로 흰 피부를 지닌 유럽인이어야 하며, 성적으로도 당연하게 여성을 배제하고 있다. 또한 계급적으로도 북극 탐험에 동참한 선원들과 좁은 배안에서 늘 부대끼면서도 그들에게서는 친구를 찾을 수 없다고 하는 것으로 보아 자신과 같은 부르주아 계급을 찾는 월튼에게 노동자 계급은 당연히 배제된다. 그 결과 망망대해에서 우연히 마주친 부르주아 백인 남성인 프랑켄슈타인은 그의 또 다른 자아, 혹은 더블로서 "고귀하고, 매력적이고, 온화한" 친구로 보여 금방 "내 마음의 형제"임을 느낀다. 월튼이 프랑켄슈타인에 대해서 "그의 끊임없는 깊은 슬픔은 공감과 동정을 불러일으켰다"라고 할 때의 "공감"도 보편적인 형제애에 기초한 "공감"이 아니라 결국 인종, 계급, 종교가 동일한 사람들 간의 형제애나 우정에 근거한 차별적인 "공감"일 뿐이다.

월튼은 처음 마주치는 유럽인 프랑켄슈타인에 대해서는 "고귀하고, 온화하고, 매력적인" 인물로 파악하면서도 작품의 초반부에 프랑켄슈타인과 똑같이 처음 마주치는 피조물에 대해서는 "알 수 없는 섬의 미개한 원주민"이라고 하며 인종주의적 단정을 내린다. 월튼이 처음 보는 존재에 대해 이러한 인종주의적 단정을 할 수 밖에 없는 이유는 무엇일까? 그것은 영국인으로서 탐험가인 그의 지적 사색의 경로를 탐색해보면 알 수 있다. 월튼의 지적 사색은 주로 토마스 삼촌의 서재를 채운 "다양한 항해 이야기들"로 인해 형성되었다. 신문, 잡지 및 여행기, 편지, 일기, 기행 산문, 소설 등 18세기에 급증한 영국의 출판물 중 가장 인기 있었던 분야는 다름 아닌 이국적인 인물과 세계를 다룬 여행기였다. 이 시기의 영국인들의 애독 여행기 목록에는 중세의 전설적인 여행기였던 마르코 폴로나 이븐 바투타의 여행기, 그리고 존 맨더빌의 『여행기』(1356)와 같은 가공의 여행기가 있었으며, 18세기 당대 여행기로는 태평양을 항해한 제임스 쿡의 『남극 여행과 세계 일주』(1778), 아프리카 탐험가인 멍고 파크의 『아프리카 내륙지역으로의 여행』(1799) 등 아프리카, 아시아, 신대륙의 여행기가 포함되어 있었다.

월튼이 삼촌의 서재에서 "열심히 읽은" 책들은 바로 이러한 18세기에 유행한 여행기임을 미루어 짐작할 수 있다. 그런데 이처럼 당시 영국인들이 읽은 여행기에는 대부분 인종적 타자를 괴물, 식인종, 흡혈귀 등 원시적이고 미개한 야만인으로 보는 유럽인의 인종주의적 시선이 자리한다. 여행기에서의 이러한 인종주의적 시선은 흑/백, 선/악, 문명/야만, 지성/감성, 이성/본능과 같은 이분법에 입각하여 서구의 우월성과 비서구의 열등성을 당연시함으로써 인종주의와 제국주의를 정당화한다.

북극을 탐험하는 월튼의 "원대한 기획"은 표면적으로는 "수많은 천체 관찰을 정리해서, 기이해보이는 현상들이 영원히 정연한 논리를 갖추게 되는" 혹은 "자석의 비밀을 밝혀내는" 과학적 탐사 여행이지만 실제로는 "지금껏 사람의 발길이 닿지 않는 땅에 내 발자국을 남기게 된다"는 표현에서 보듯이 제국주의 팽창 여행이나 다를 바가 없다. 이러한 이유에서 월튼의 형제애와 코즈모폴리터니즘이라는 거창한 이상은 실제로는 제국주의와 인종주의를 정당화하는 논리로서 근대 계몽주의의 모순을 드러낸다.

그렇다면 프랑켄슈타인은 어떠한가? 그는 자궁에서 생명을 탄생시키는 여성의 출산 능력을 배제하고 과학의 힘으로 신의 영역인 생명 창조에 도전함으로써 신인류를 창조하여 신의 위치에 오르고자 한다. 그런데 그는 어떤 재료를 활용하여 피조물을 만들까? 자연을 위반하며 인위적인 생명 창조를 위한 재료를 구하기 위해 무덤을 뒤지거나 살아있는 동물을 고문하는 일은 프랑켄슈타인 자신이 생각할 때도 "끔찍한" 일로서 피조물의 창조 과정에는 폭력이 존재한다. 그는 이때의 상황에 대해 후에 "당시에는 거의 광기 같은 충동"이었다고 회상한다. 프랑켄슈타인은 이러한 폭력의 과정을 통해 납골당에서 유골을 모으고, 무덤과 해부실에서 가져온 죽은 사람의 시체와 도살장에서 가져온 살아있는 동물의 조합으로 피조물을 만든다.

이렇게 탄생한 피조물은 삶과 죽음의 경계를 넘어 인종, 젠더, 계급은 물론, 국가, 종교의 경계, 심지어 인간과 동물, 인간과 기계라는 종을 나누는 경계선을 가로지르는 혼종성을 상징하는 존재다. 다시 말하면 피조물은 모든 차이를 조합한 존재, 즉 인종적으로 유럽인, 아프리카인, 아시아인의 차이를 모두 포함하는 조합, 성적으로도 남성과 여성의 조합, 계급적으로도 프롤레타리아와 부르주아의 조합으로서 인종, 젠더, 계급을 초월하고 있다. 그는 또한 여성의 자궁에서 탄생하지 않아 혈연에 기초한 부모가 없다는 점에서 기존의 가족 공동체에서 벗어나 있으며, 특정한 국가에도 소속되지 않으며, 종교도 기독교도인지 회교도인지 알 수 없다는 점에서 가족, 국가, 종교의 경계를 초월하여 전 인류가 하나 되는 형제애와 코즈모폴리터니즘을 지향하고 있다. 이것이 프랑켄슈타인이 창조한 피조물의 본질인 것이다.

그러나 이러한 피조물이 탄생했을 때 그를 막상 처음으로 대면하는 프랑켄슈타인은 어떤 반응을 보일까? 다음 인용문은 프랑켄슈타인의 피조물에 대한 최초의 인식을 엿보게 한다.

반은 꺼져버린 희미한 빛 속에서 피조물이 희미한 누런 눈을 뜨는게 보였다. 그것은 거칠게 숨을 쉬면서 발작적으로 사지를 꿈틀거렸다.

이 끔찍한 사건을 보았을 때의 심정을 어떻게 표현할까. 아니 그토록 엄청난 노력과 정성을 쏟아 만들어내고자 했던 결과가 이 괴물이라니. 그의 사지는 균형을 이루고 있었다. 이목구비도 아름답게 만들려고 최선을 다해 골랐는데, 누가 이 모습을 아름답다고 하겠는가! 맙소사! 그의 누런 피부는 그 밑의 근육과 혈관들을 거의 다 드러나게 만들었다. 검은 머리칼은 윤기를 내며 흘러내렸고, 치아는 진주처럼 희었다. 그러나 이런 아름다움은 연한 회갈색 눈구멍과 거의 같은 색깔의 축축한 안구, 쭈글쭈글한 얼굴, 일직선의 검은 입술과 대조를 이루어 더욱 끔찍하게 느껴졌다.

위 인용문에서 보듯이 "누런 눈," "누런 피부," "검은 머리," "검은 입술" 등 피조물의 외모에 대해 유독 색깔을 강조하는 프랑켄슈타인의 서술은 계몽주의적 패러다임으로 대상에 대한 시각적 이미지에 의존하고 있다. 이처럼 프랑켄슈타인 역시 월튼처럼 피조물을 처음 인식할 때 시각에 의존하므로 자신의 흰 피부, 파란 눈, 금발 머리와는 다른 피조물을 인종주의적 시선으로 재단할 수밖에 없다. 그 결과 그는 피조물을 추한 괴물로 규정하여 "공감"보다는 역겨움을 느끼는 것이다.

어떤 비평가는 프랑켄슈타인이 묘사한 이러한 피조물의 외모는 당시 영국인들이 '검둥이'라고 부른 인도 벵골인들을 연상시킨다고 한다. 1770년경 영국의 잘못된 토지 정책으로 인해 기아로 죽어간 수많은 벵골인들이 피조물처럼 "밑에서 움직이는 근육과 동맥을 거의 다 드러나게 만드는" 누런 피부와 일직선의 검은 입술을 하고 있었다는 점 때문이다. 또 어떤 비평가는 피조물은 거대하고, 힘이 세며, 검고 사악한 외모로 묘사된다는 점에서 아시아인이 아닌 아프리카 출신의 흑인 노예와 같은 존재라는 의견을 제시한다. 또한 "누런 피부," "검은 머리," "검은 입술" 등에서 당대 동양 서사에 보편적으로 재현된 영국계 인도인, 즉 영국 남성과 인도 여성 사이에 태어난 혼혈아의 이미지를 볼 수 있는 가능성을 제기하기도 한다. 당대 많은 영국인 아버지들이 자신의 아들인 영국계 인도인을 버린 것처럼 프랑켄슈타인이 피조물을 버렸다는 것이다.

프랑켄슈타인은 자신의 자식과 같은 존재인 피조물이 탄생 후 그를 향해 웃으면서 손을 뻗음으로써 인간과 관계 맺기, 즉 "공감"과 "소통"을 시도한 순간, 어떻게 대응하는가? 그는 피조물이 그 어떤 적대적인 행위를 하지 않았는데도 불구하고 단지 외모가 자신과 다르다는 인종주의적 편견으로 그에게 이름을 지어주거나 환대하기는커녕 "괴물," "악마," "악귀"라고 부르고는 유기해 버린다. 즉, 피조물은 탄생부터 괴물로 태어난 것이 아니라 프랑켄슈타인이 "괴물"이라고 부르는 순간부터 괴물이 된 것이다.

이처럼 태어나면서부터 창조주로부터 "공감"을 얻지 못하고 버림받은 피조물은 당연히 모든 인간으로부터 "공감"은커녕 멸시와 배척을 받는다. 마을 사람들은 그를 보자마자 추한 괴물이라는 이유로 비명을 지르고, 기절하고, 도망을 가고, 돌과 무기로 공격을 한다. 피조물이 위험을 무릅쓰며 물에 빠진 소녀를 구해주어도 시골 농부는 마찬가지 이유로 오히려 그에게 총을 겨눈다. 프랑스에서 망명 온 자유, 평등, 형제애로 충만한 펠릭스 또한 막상 그를 보자마자 문전박대하며 막대기로 마구 때려서 내쫓는다. 이처럼 피부색이 다른 피조물을 공격하는 백인들은 모두 인종적 타자를 혐오하는 외국인혐오증과 더불어 그들을 두려워하는 외국인공포증마저 드러내고 있다.

그러나 인간이 아닌 포스트휴먼적 존재로서 인간의 혐오와 공포의 대상이 되는 피조물은 오히려 인간됨의 소중함을 알고 인간이 되고 싶어 외친다. "나를 인간으로 인정해주고, 나와 공감해 달라!" 고뇌 끝에 피조물은 창조주인 프랑켄슈타인을 직접 찾아가서 하소연한다. 그때에도 자신이 창조한 피조물을 계속 "끔찍한 악마," "사악한 벌레," "혐오스러운 괴물," "더러운 덩어리"로 부를 뿐인 창조주 프랑켄슈타인에게 피조물은 자신의 말을 들어달라고 반복하여 외침으로써 자신을 시각으로만 판단하기 보다는 내면의 모습을 보아줄 것을 호소한다. 또한 피조물은 죽어야만 끊어지는 둘 사이의 끈끈한 "유대"를 강조하며 창조주와 피조물로서 서로 각자의 의무를 다하자고 간청한다. 피조물은 자신은 원래 사랑과 자비로 충만한 선하고 자애로운 존재였으나 소외와 고독이 자신을 불행하고 만들었다고 주장하며 자신에게 "연민"과 "공감"을 베풀어달라고 호소한다. 그러나 프랑켄슈타인은 이러한 요청을 순순히 들어주지 않는다.

피조물은 유일한 유대 관계에 있는 창조주와 "공감"을 나누려는 기대가 좌절되자, 프랑켄슈타인에게 여자 피조물을 만들어줄 것을 호소한다. 그가 여자 피조물을 만들어 달라고 하는 순간 그는 자신을 남성으로 규정하며 인간과 같은 종으로 분류되기를 원한다. 이 소설에서 피조물이 성적 욕망으로 여자 피조물을 원한다는 증거는 찾기 어렵다. 이 점은 그가 프랑켄슈타인에게 여자 피조물을 요구할 때 강조하는 핵심어를 검토하면 쉽게 드러난다. "공감을 나누면서 살아갈 여자를 만들어주시오," "나도 다른 존재에게 공감을 불러일으킬 수 있는 존재라는 걸 알게 해주시오," "내 악한 정념은 사라질 것이오. 왜냐하면 공감하게 되니까"라고 프랑켄슈타인에게 말할 때 그는 계속 동반자와의 "공감"을 강조한다. 또한 "나의 악행이 넌더리나는 고독을 강요받은 결과였던 만큼, 나와 동등한 존재와 감정을 나누며 산다면 반드시 선을 행하게 될 것이오. 나는 감각 있는 존재의 애정을 느끼게 될 것이고 지금은 배제되어있는 존재와 사건의 사슬에 연결될 것이오"라는 말에서 보듯 피조물이 절실하게 욕망하는 것은 "넌더리라는 고독"에서 벗어나 "상호 연대"와 "관계 맺기"를 실현시킬 "존재와 사건의 사슬"이다. 이러한 점에서 피조물은 여자 피조물을 통해 "상호 연대"와 "관계 맺기"에서 오는 "공감"이 형제애와 코즈모폴리터니즘에 기초한 새로운 공동체라는 대안을 제시한다고 볼 수 있다. 여자 피조물의 본질 역시 남자 피조물처럼 혈연에 의한 기존의 가족 공동체를 초월한 존재이며, 어느 국가나 종교 공동체에도 소속되지 않는 혼종적 존재인 것이다.

이처럼 피조물이 진정 원하는 것은 성적 욕망이 아닌 "**나와 동등한 존재와 감정을 나누며**" 살고 싶은" 욕망, 즉 "공감"이다. 프랑켄슈타인은 한편 피조물의 "공감" 주장에 동의하여 여자 피조물의 신체의 일부를 만들기는 한다. 그러나 그는 결국 인종주의적 편견으로 그녀를 폭력적으로 파괴해 버리고 만다.

여자 괴물이 그에게서 돌아서서 인간 남자의 더 뛰어난 아름다움에 이끌릴 수도 있고, 그녀에게 버림을 받고 혼자 있게 되면 종족으로부터 버림을 받았다는 새로운 자극에 괴물은 더욱 분개할 것이다. 그들이 유럽을 떠나 신세계의 사막에 가서 산다 해도 그 악마가 그렇게 갈망했던 공감의 첫 번째 열매 중의 하나가 자식들이고, 그렇게 되면 인간을 불안하고 공포스럽게 만들 악마의 종족이 지구상에 번성할 것이다.

프랑켄슈타인은 피조물의 "공감" 주장에 일면 동의하면서도 막상 그 "공감"의 첫 열매로 "지구상에 악마의 종족," 즉 백인 이외의 타인종이 번창할 것이라는 인종적 불안감 때문에 여자 피조물을 살려두지 못한다. 그가 "여자 괴물이 인간 남자의 더 뛰어난 아름다움에 이끌릴 수도 있고"라고 걱정할 때는 여자 괴물과 유럽 백인 남자와의 인종 간 성적 결합으로 인해 혼혈이 생산되는 데 대한 불안과 공포가 드러난다. 어떤 비평가는 프랑켄슈타인이 여자 피조물을 갈기갈기 찢어버리는 행위에 대해 인종차별주의뿐만 아니라 여성혐오증까지 읽어내기도 한다.

"나와 동등한 존재"와 "공감"을 나누고 싶은 유일한 소망이 좌절된 피조물은 프랑켄슈타인의 결혼 첫날 밤, 헨리 푸셀리의 『악몽』이라는 그림 속 살해당한 여인처럼 신부인 엘리자베스를 목 졸라 살해한다. 피조물이 엘리자베스를 살해하는 행위는 무엇을 상징하는가? 대부분의 평자들, 그리고 특히 영화 매체들은 데스데모나를 살해하는 셰익스피어의 오델로의 이야기에 근거하여 이것을 백인 여성에 대한 흑인 남성의 성적 위협을 상징한다고 해석한다. 그러나 복수를 하려는 피조물은 마음만 먹으면 프랑켄슈타인이 사랑하는 엘리자베스에게 성적 폭력을 행사할 수 있는 기회가 왔으나 신체적 폭력에 대한 증거는 있어도 성적 폭력을 가했다는 증거는 어디에도 없다. 실험실에서 태어난 피조물이 성적 폭력을 가할 수 있는 존재인지 아닌지도 불확실하다. 인종적 관점에서 보면 이 살해 행위는 피조물이 프랑켄슈타인과 엘리자베스처럼 같은 인종인 백인끼리 결혼하여 가족을 구성하는 순혈주의 중심의 인간관계에 균열을 내는 것으로 해석된다. 프랑켄슈타인에게 "예쁜 선물"로 주어지는 "가장 아름다운 아이"로 묘사되는 엘리자베스는 당대 서구에서 가장 우월하다고 간주되는 색슨인이다.

"근대의 프로메테우스들" 중에서 세 번째로 살펴볼 인물은 피조물이 언어를 배우는데 기여하는 프랑스 청년 펠릭스이다. 그는 인종주의적 편견을 가진 월튼이나 프랑켄슈타인과 다를까? 펠릭스는 평소 자유, 평등, 형제애라는 프랑스혁명 정신에 충실하다. 그의 가족은 원래 프랑스의 귀족 가문이지만 프랑스에서 터키 상인인 사피의 아버지가 회교도라는 종교적인 이유로 억울하게 사형을 받게 되자 형제애로 그를 감옥에서 몰래 탈출시킨다. 그 후 프랑스 정부의 미움을 사 가문의 전 재산을 몰수당하고 추방되어 가난한 망명 가족이 되었다. 사피는 동양 여성이지만 아름답고 피부가 흰 서구 여성에 근접하기 때문에, 그리고 무엇보다도 회교도가 아닌 기독교도이기 때문에 펠릭스 가족에게 받아들여진다.

펠릭스는 사피에게 프랑스 역사가인 볼니(Volney)의 『제국의 폐허』를 교재로 하여 프랑스어를 가르치는데 이때 피조물은 헛간에 숨어서 귀동냥으로 언어를 배운다. 피조물은 펠릭스를 통해 프랑스 혁명 정신인 자유, 평등, 형제애를 배울 뿐만 아니라 이 책을 통해 부의 불평등한 분배와 계급, 가문, 고상한 혈통을 중시하는 "인간 사회의 이상한 체계"에 대해 알게 된다.

그러나 이처럼 프랑스혁명 정신에 충실한 펠릭스가 막상 피조물을 처음 대면한 순간 어떻게 달라질까? 펠릭스의 가족을 통해 "관계 맺기"에서 오는 "공감"을 기반으로 형제애를 꿈꾸었던 피조물은 그들 가족에게 몰래 땔감과 음식을 갖다주는 선의를 베푼 바 있다. 그러나 펠릭스는 그러한 선의도 모른 채 피조물을 보자마자 막대기로 사정없이 그를 때리며 폭력을 행사한다. 왜 이런 일이 일어날까? 그것은 펠릭스 역시 피조물과 "공감"하지 못하고 프랑켄슈타인과 똑같이 시각적 이미지로만 대상을 파악함으로써 인종주의적 편견에 의해 피조물을 추한 괴물로 바라보기 때문이다. 그러므로 펠릭스처럼 만인의 평등을 외치는 프랑스 혁명 정신의 형제애는 여기에서 빛을 잃는다.

눈이 멀어서 앞을 보지 못하는 펠릭스의 아버지 드 라세 노인이 피조물을 대하는 편견 없는 태도는 시각에 의한 계몽주의적 인식 방법론을 비판하면서 동시에 인종주의적 편견이 없는 형제애와 코즈모폴리터니즘의 중요성을 상기시킨다는 점에서 이 소설의 핵심 주제와 연결된다. 눈으로 사물의 외면만 보는 다른 인간들과는 달리 피조물의 보이지 않는 내면을 보는 노인이 "이기심에 의한 **편견**이 없을 때만이 인간의 마음은 형제애와 동정심으로 충만하다"고 말할 때 독자는 인종주의적 "**편견**"이 "형제애와 동정심"을 가로막는 심각한 방해물임을 깨닫는다. 피조물이 "치명적인 **편견**이 사람들의 눈을 가리기 때문에 그들의 눈은 감성적이고 친절한 친구를 보지 못하고 오로지 혐오스러운 괴물만을 보지요"라고 하는 말도 마찬가지로 내면을 보지 않고 외면으로만 대상을 판단하는 시각적 인식 방법과 인종주의적 "**편견**"이 문제임을 비판한다. 피조물이 펠릭스로부터 배웠던 『제국의 폐허』에 나타난 혁명 정신은 "형제, 자매, 그리고 모든 인간을 상호 연대로 묶는 다양한 관계 맺기"였다. 눈먼 드 라세 노인은 이 작품에서 피조물이 만난 인간 중 유일하게 형제애로 "모든 인간을 상호 연대로 묶는 다양한 관계 맺기"를 실천하고자 하는 인물이다.

적어도 펠릭스라면 자신과 "공감"하리라 믿었으나 그마저 다른 사람들과 똑같이 폭력을 행사하는 점에 절망한 피조물은 분노를 표출하며 펠릭스 가족이 살던 오두막을 모두 불태워 버리고 그곳을 떠난다. 그 때부터 피조물은 창조주인 프랑켄슈타인을 저주하기 시작한다. 피조물은 인간은 자신에게 친구가 아니라 적일 뿐이므로 극도의 분노로 모든 인간을 증오하고 복수하리라고 맹세하고, 인간과의 전쟁을 선포한다. 그 결과 프랑켄슈타인의 동생인 윌리엄이 처음으로 피조물에 의해 살해된다. 이처럼 태어날 때 백지 상태로서 선하게 태어난 피조물은 혐오와 편견으로 가득 찬 인간 사회의 환경으로 인해 폭력을 행사하는 악한 인물로 변하는 것이다.

피조물이 어린아이인 윌리엄을 죽이는 폭력에 대해서는 많은 논란이 있다. 그러나 피조물의 처지에서 생각해보면 어떻게 될까? 피조물은 윌리엄이 어린아이라서 편견이 없기 때문에 동료나 친구가 될 수 있다는 순수한 형제애로 그에게 접근한다. 그러나 막상 피조물을 보자마자 어린 윌리엄은 "괴물, 흉측한 악마! 날 갈기갈기 찢어서 잡아먹으려고 그러지?"라고 하며 백인 성인 남성들과 전혀 다를 바 없이 피부색 등에서 자신들과 다른 피조물을 식인종이나 괴물, 흡혈귀 등 인종주의적 편견으로 대하고 있다. 그 결과 피조물은 실수로 윌리엄을 죽이게 되고, 이어서 하녀인 저스틴 모리츠가 윌리엄을 죽였다는 누명을 쓰고 처형되는 비극이 발생한다. 피조물이 윌리엄을 살해하는 행위는 그가 펠릭스에게 배운 바대로 진정한 형제애를 실천하기 위해서 인종적 혐오와 편견에 저항하는 상징적인 행위로 볼 수 있다.

프랑켄슈타인의 친구 앙리 클레르발은 피조물이 살해하는 인물들 중 살해 동기를 생각해볼 때 가장 이해하기 어려운 인물로 보인다. 왜냐하면 클레르발은 "상호 연대"와 "관계 맺기"에 기초한 "공감"을 실천하는 인물로 묘사되기 때문이다. 프랑켄슈타인이 가족, 친구, 이웃과의 연대를 단절하고 실험에만 몰두하는 행위와는 대조적으로 클레르발은 몸이 아픈 프랑켄슈타인을 극진히 간호하는 등 늘 배려와 연대를 실천하는 인물로 보인다. 그러나 우리는 클레르발이 피조물과 대면한 적이 없다는 사실을 주목해볼 필요가 있다. 클레르발이 월튼, 프랑켄슈타인, 펠릭스, 윌리엄처럼 피조물과 직접 마주쳤다면 어떤 반응을 보일까? 연대와 배려 정신에 충실한 그는 프랑켄슈타인을 대하듯 피조물을 따뜻하게 포용할까? 아니면 월튼이나 윌리엄처럼 피조물을 식인종이나 야만인 취급을 하거나, 프랑켄슈타인처럼 도망치거나, 펠릭스처럼 폭력을 행사할까?

이 물음에 대한 대답은 1818년 초판과 1831년 수정판의 클레르발과 관련된 묘사에서 유추해볼 수 있다. 연대와 배려의 인물로 보이는 클레르발은 초판에 이미 인도양의 가장 중요한 상업 언어인 페르시아어, 아라비아어에 능통한 "동양학자"로서 월튼과 마찬가지로 동양에서 부를 축적하려는 제국주의적 야심을 가진 인물로 그려진다. 수정판에는 클레르발이 습득하는 언어로 페르시아어, 아라비아어 이외에도 "산스크리트어"가 추가된다. 또한 "불명예스럽지 않은 일을 추구할 결심을 하고서 진취적 기상을 펼칠 영역을 찾아 동양으로 그의 눈을 돌렸다"라는 클레르발에 대한 묘사는 월튼의 제국주의적 야심과 다를 바가 없다. 월튼이 처음 대하는 피조물을 야만인으로 보았듯이 클레르발 또한 자신과 다른 피조물을 처음 대면한다면 "상호 연대"로서 배려를 베풀 것이라고 상상하기는 어렵다. 그러므로 피조물은 나와 같은 '동일성'뿐만 아니라 나와 다른 '차이'까지 포용하는 진정한 우정과 형제애를 프랑켄슈타인에게 깨우치게 하기 위해 클레르발을 살해하는 것이다. 이처럼 윌리엄, 엘리자베스, 클레르발에 대한 피조물의 폭력이 상징하는 바는 진정한 형제애와 코즈모폴리터니즘을 실천하지 않는 기존의 가족, 국가, 종교 공동체를 전복시키고 새로운 코즈모폴리턴 공동체를 지향한다는 점에서 창조적 파괴 행위로 볼 수 있다.

프랑켄슈타인은 여자 피조물의 창조라는 피조물의 제안에 대해 이성적으로는 동의하나 실제로는 코즈모폴리턴적 형제애를 끝까지 수용하지 못하는 모순으로 인하여 엘리자베스와 클레르발을 희생시킨 후 자신도 죽음을 맞이한다. 그런데 월튼은 선실에서 프랑켄슈타인의 시신 앞에서 "슬프고도 소름끼치는 절규를 외치는" 피조물을 발견한다. 왜 피조물은 그렇게 증오했던 자신의 창조주인 프랑켄슈타인의 죽음 앞에 쾌재를 부르지 않고 애통해할까? 피조물이 마지막까지 강조하는 것이 "사랑과 연대"이듯이, 지금까지 프랑켄슈타인과 피조물은 창조주와 피조물로서, 또는 주인과 노예로서, 또는 쫓는 자와 쫓기는 자로서 "존재와 사건의 **사슬**"에 연결되어 "관계 맺기"를 계속해왔다. 이처럼 자신과 유일한 유대 관계에 있는 프랑켄슈타인이 죽은 지금, 피조물은 더 이상 이 세상과 연결할 "사슬"이 끊어진 것이다.

피조물의 슬픈 절규는 복수를 위해 서로를 추적하는 과정에서 주인과 노예, 쫓는 자와 쫓기는 자의 위치가 전복되면서 나와 동등한 다른 존재에 대해 상대방의 처지에서 이해하고, 연민을 느끼는 아담 스미스식 "공감"의 행위를 의미한다. 이것이 바로 혈연, 국가, 종교의 경계를 넘은 코즈모폴리턴적 형제애의 표현인 것이다. 다음 장에서 다루게 되는 『워더링 하이츠』(*Wuthering Heights*)에서도 피부색이 검어 "악마"라고 불리는 히스클리프가 죽었을 때 피조물처럼 가장 깊은 슬픔을 표한 사람은 하인 노릇을 하면서 가장 학대받았던 백인 헤어튼이었다. 그것은 히스클리프가 복수를 한다고 헤어튼에게 거친 태도를 보이면서도 자신이 옛날 힌들리에게 학대당했던 모습을 떠올리며 헤어튼의 입장에서 그의 고통에 점점 연민을 느끼고 "공감"하면서 은연중 그에게 따뜻하게 대했기 때문일 것이다.

월튼 선장이 북극 탐험을 포기하고 가족이 있는 영국으로 돌아간다는 사실 때문에 이 소설의 결말에 대해 많은 평자들은 갈등이 해결되는 것으로 해석하기도 한다. 월튼을 프랑켄슈타인에 대한 대안적인 인물이라고 보거나, 혹은 작가의 완전한 지지를 받는 조화로운 인간상을 발견한다거나, 혹은 그가 마지막에 정신적 성숙과 지혜를 얻음으로써 소설의 의미에 중요한 기여를 한다고 보는 등의 시각은 월튼을 신뢰할 수 있는 서술자로 보는 견해이다.

그러나 월튼은 제국주의적 탐험을 포기한 것을 다행으로 생각하는 것이 아니라 마지막까지도 "인류에게 혜택을 준다는 효용성과 더불어 명예를 얻겠다는 희망이 사라져버렸다"라고 실망감을 느낄 뿐이다. 망망대해를 항해하면서도 동료인 선원들과 형제로서 서로 소통하지 않고, 굳이 답장도 없는 영국에 있는 기독교도인 누이 마가릿 사빌 부인에게 편지를 보내는 것만 보더라도 그는 기존의 가족, 국가, 종교 공동체를 초월한 형제애의 실천 의지가 없는 인물임을 알 수 있다. 더구나 월튼이 "남편과 사랑스러운 아이들과 함께 행복한" 누이가 있는 가족에게로, 그리고 "사랑하는 영국과 그곳에 사는 사랑하는 친구들"에게 돌아간다는 사실은 월튼이 처음부터 끝까지 피조물이 실천하고자 하는 코즈모폴리턴적 형제애에 공감하지 못하고 인종주의적 편견에 사로잡힌 신뢰할 수 없는 서술자임을 나타내 준다. 왜냐하면 그는 새로운 공동체의 실현을 위해 기존의 가족, 국가, 종교 공동체를 파괴하려는 피조물의 의도와는 역으로 오히려 누이에게 돌아감으로써 혈연 중심의 기존의 가족 공동체를 더욱 공고히 하며, 영국과 영국에 사는 자신과 인종, 계급, 종교의 차원에서 동일한 사람에 대해서만 애정을 표현함으로써 국가와 종교 공동체를 더욱 공고히 하기 때문이다.

월튼 역시 끝까지 인종주의적 편견을 버리지 못하기 때문에 피조물과 "공감"하지 못한다. 이 작품에서 피조물을 대면했을 때 도망가지 않고 유일하게 그를 붙잡은 인물이 월튼이라는 사실 때문에 그를 긍정적으로 보는 시각도 있다. 그러나 프랑켄슈타인의 이야기를 다 듣고도 월튼은 처음 피조물을 먼 거리에서 발견했을 때와 마찬가지로 그를 대하는 시각에서 전혀 변화를 보이지 않는다. 마지막까지도 그의 눈에 피조물은 "상스럽고 비례가 어색한 거대한 체구," "길고 덥수룩한 머리칼로 가려진 얼굴," "색과 질감이 흡사 미이라 같은 큰 손"등 여전히 서구의 여행기에서 흔히 보는 "알 수 없는 섬의 미개한 원주민"으로 부정적으로 보일 뿐이다.

월튼이 "역겨우면서도 끔찍한" 그를 불러 세운 것은 프랑켄슈타인이 그를 파멸시켜달라고 요청한 의무 때문이었지 피조물에 대한 "공감"에서 우러나온 행위는 아닌 것이다. 피조물은 자신을 "비열한 놈," "위선적 악마" 등으로 끝까지 비난하며 오히려 프랑켄슈타인에게만 "공감"하는 월튼에 대해 자신과 "절대 공감할 사람이 아님"을 확신한다. 작품의 마지막에서 월튼은 피조물을 형제로서 포용하지 못하고 그가 그저 어두운 바다로 사라지는 것을 수동적으로 바라보고만 있을 뿐이다. 더 이상 자신과 "존재의 사슬"에 연결되어 "공감"할 인간이 한 명도 없는 피조물은 장작더미 위에서 자신을 불태워 죽을 것이라고 선언하고 북극의 바다 저 너머로 사라진다.

피조물이 북극으로 완전히 사라지기 전에 외치는 다음과 같은 절규는 "공감"과 "유대"를 원하는 피조물을 끝까지 거부하는 인간에 대한 따가운 비판을 보여준다.

> 아직도 사랑과 우정을 바라지만, 아직도 나는 배척당하고 있어. 이건 부당하지 않은가? 인간이 다 나에게 죄를 짓는데 왜 나만 범죄자 취급을 받아야 하는가? 왜 무례하게 친구를 문전박대하며 몰아낸 펠릭스는 미워하지 않는가? 왜 소녀를 구해준 나를 죽이려 했던 시골 청년은 저주하지 않나? 이들은 덕이 있고 순결한 존재라서? 비참하게 버림받은 나 같은 괴물은 쫓겨나고 발길질 당하고 짓밟혀도 되겠지. 지금도 이 부당한 대우를 생각하면 피가 끓어올라.

메리 셸리는 『프랑켄슈타인』에서 소위 "인류를 위하여" 지식과 지혜를 추구하며 미지의 세계를 탐험하는 야심에 찬 근대의 남성 프로메테우스들의 도전을 부정적으로 평가한다. 이들 세 명의 프로메테우스들은 모두 이성의 보편성을 주장하며 형제애와 코즈모폴리터니즘이라는 이상을 역설하면서도 다른 한편으로는 시각적 이미지에 근거한 인종주의적 편견으로 피부색이 다른 인종적 타자들을 이성의 '빛'을 공유할 수 없는 야만적이고 열등한 존재로 규정함으로써 그들과 "공감"하지 못하는 모순을 범하고 있다. 이 지점에서 메리 셸리는 묻는다. 과연 누가 괴물인가? 인간이 괴물인가? 괴물이 괴물인가? 이 작품의 피조물이 처한 상황은 바로 오늘날 세계가 직면하고 있는 이주민, 난민, 외국인들의 상황에 다름아니다.

『프랑켄슈타인』에서 해결되지 못한 코즈모폴리턴적 공동체에 대한 메리 셸리의 꿈은 그녀의 다음 SF소설인『최후의 인간』(*The Last Man*, 1826)에서 그 실현 가능성이 엿보인다. 2073년~2100년이라는 21세기 말을 배경으로 삼은 이 디스토피아 소설에서 전 유럽을 휩쓰는 팬데믹은 기존의 가족, 국가, 종교 공동체를 파괴하고 재구성하는 필연적 원리로 작용한다. 인간은 전염병에서 벗어나기 위해 자신의 고향과 근거지를 떠나 혈연 중심의 부모와 형제 대신 낯선 사람들끼리 새로운 가족을 구성해야 하며, 또한 국가적 경계나 종교적 동일성과 같은 고정적인 틀에 얽매일 수 없는 코즈모폴리턴이 된다. 이 과정에서 유일하게 면역력을 지니고 생존하는 인물은 영국 남성 라이오넬 버니(Lionel Verney)로서 그는 "질병의 고통에 몸부림치는 반쯤 발가벗은 흑인"을 형제애로 끌어안는다. 이것은 인간은 타자를 포용할 때만이 인류를 위협하는 치명적인 전염병에서 탈출할 수 있다는 사실을 말해준다는 점에서 바로 현재 인류가 직면하고 있는 코비드-19이라는 팬데믹 상황에서도 시사하는 바가 크다. 이 소설 역시 나와 동등한 다른 존재들을 고통스럽게 끌어안는 "인간적 공감"을 강조한다. 이처럼 『프랑켄슈타인』에서 읽을 수 있는 나와 대등한 다른 존재들과의 "공감"을 중시하는 형제애와 코즈모폴리터니즘의 정신은 셸리가 지속적으로 관심을 가진 주제라고 할 수 있다.

『프랑켄슈타인』은 피조물이 상징하는 바와 같이 인종, 젠더, 계급, 국가, 종교의 경계뿐만 아니라, 인간과 동물, 인간과 기계라는 종의 경계마저 넘어 다양한 가치와 문화가 공생해야 하는 21세기 초연결 사회(Hyper-connected Society)에 서로 다른 가치와 문화 사이의 차이와 다름을 인정하고, 차별을 배제하며, 다양성을 존중하는 상호 공존의 정신만이 인류가 풀어가야 할 미래임을 200년 전에 미리 예견하고 있다는 점에서 시대를 초월하는 고전으로 평가된다.

영국 소설, 인종으로 읽다

제3장

히스클리프는 백인? 흑인?:
에밀리 브론테의 『워더링 하이츠』

영국 북부의 하워스라는 지역에는 브론테 목사관 박물관이 있다. 여기에 살던 브론테(Brontë) 집안의 세 자매인 샬럿(Charlotte), 에밀리(Emily), 앤(Anne)이 모두 소설을 썼다. 시인이기도 한 에밀리 브론테는 유일한 소설인 『워더링 하이츠』(*Wuthering Heights*)를 쓰고 30세라는 젊은 나이에 결핵으로 요절한다. 그녀는 세 자매 중 가장 열정적이고, 자유분방하고, 요크셔의 거칠고 황량한 자연을 사랑했다. 아버지 브론테 목사는 아일랜드 출신으로서 웨일즈 출신의 어머니와 결혼했기 때문에 브론테 자매들은 반아일랜드인의 피를 가지고 있었다. 그런데 흥미로운 점은 언니인 샬럿은 작품 속에서 잉글랜드인에 공감하고 아일랜드인에 대해 부정적으로 묘사하는 반면에 동생인 에밀리는 잉글랜드인이 아닌 타인종에 대해 관대했다는 점이다.

『워더링 하이츠』는 1847년에 발표되었으나 첫 장면은 한 세기의 전환기인 1801년으로부터 시작된다. 남성 화자로서 런던 출신의 차가운 신사인 로크우드(Lockwood)는 당시 유행하기 시작한 관광문화를 즐기는 관광객의 시각으로 1801년 이 소설의 무대인 '워더링 하이츠'를 방문한다. 그렇지만 이 소설에서 전개되는 이야기는 주로 1770년 이후인 18세기 후반을 다루고 있다. 이 소설은 여성 화자인 가정부 넬리 딘(Nelly Dean)이 이러한 18세기 후반에 발생한 캐서린(Catherine)과 히스클리프(Heathcliff)에 관한 과거의 이야기를 로크우드에게 들려주는 독특한 액자 소설의 형식을 취하고 있다.

소설 제목의 '워더링 하이츠'는 저택의 이름으로서 고유명사이다. '워더링'은 요크셔의 방언으로 '폭풍이 휘몰아치는'이라는 의미가 있다. 『워더링 하이츠』는 한국에 번역되면서 『폭풍의 언덕』으로 널리 알려져 있으나 이것은 고유명사 그대로 번역되어야 할 것이다. 하워스의 황야 가운데에 있는 '탑 위든즈'라는 폐허는 '워더링 하이츠'의 모델이 된 곳이다. 요크셔 지방의 황야에 여름이면 온통 보라색 히스가 무성하게 자라는데 히스클리프라는 이름은 '히스가 핀 절벽'이란 뜻이다. 이 보랏빛 히스의 찬란함 때문에 로크우드는 "여름에 이곳보다 더 황홀한 곳은 없고, 겨울에 이곳보다 더 황량한 곳은 없다"라고 서술한다.

『워더링 하이츠』는 셰익스피어의 『리어왕』(King Lear)과 멜빌의 『모비 딕』(Moby Dick)과 더불어 영문학의 3대 비극으로 꼽히며 1847년 이후 약 150년간 전 세계의 수많은 독자들의 사랑을 받아왔다. 독자들이 이 소설을 사랑한 주된 이유는 아마도 문학 사상 유례를 찾기 어려운 캐서린(Catherine)과 히스클리프의 죽음도 갈라놓을 수 없는 폭풍 같은 사랑, 그리고 남성 중심 사회인 가부장제에 반항하는 캐서린의 열정적인 성격에 있을 것이다.

영국 소설, 인종으로 읽다

그러나 이 소설을 인종의 측면에서 보면 이야기가 달라진다. 이 소설을 각색한 수많은 영화 중 대표적인 영화 두 편을 비교해 보자. 1939년 흑백영화는 히스클리프를 백인 배우 로렌스 올리비에로 캐스팅한 바 있다. 그러나 최근 2011년 영화에 나오는 히스클리프는 흑백 혼혈인 배우 제임스 호손이다. 왜 이런 변화가 일어났을까? 그것은 바로 영화감독도 이 소설에 나타난 인종 문제를 중요한 의미로 주목했기 때문일 것이다.

인종적 관점에서 보면 이 소설은 백인인 캐서린보다는 오히려 비백인 히스클리프를 주인공으로 설정하고 있다고 볼 수 있다. 그 이유는 캐서린은 소설의 후반부에 비록 유령으로 존재하기는 하지만 전반부에 죽는다. 그러나 히스클리프는 끝까지 치밀한 복수를 실행하다가 중단하는 후반부의 격렬한 드라마에서 이야기의 중심에 있기 때문이다. 후반부의 이야기는 히스클리프라는 비백인과 백인인 그의 아내 이사벨라(Isabella), 이사벨라를 닮은 아들 린튼 히스클리프(Linton Heathcliff)뿐만 아니라 역시 백인인 캐서린의 딸 캐시(Cathy), 그리고 헤어튼(Hareton) 간의 인종에 대한 갈등이 전반부에 이어 폭넓고도 구체적으로 전개되고 있다. 이런 점에서 2021년 1월부터 한국에서 공연되는 『워더링 하이츠』의 창작 뮤지컬의 제목이 『폭풍의 언덕』이 아닌 『히드클리프』라는 점은 지금까지와는 다른 창의적인 시도로 평가된다.

히스클리프의 인종적 정체성에 대해 이 작품의 백인 인물들의 언급을 살펴보면 첫째, 집시이다. 로크우드가 히스클리프의 첫인상에 대해 "검은 피부를 한 집시"라고 표현하는 것은 물론 어언쇼 부인도 당연히 그를 집시라고 인식한다. 두 번째로 "조그마한 동인도인, 혹은 아메리카인 아니면 아메리카의 스페인 식민지에서 온 사람들부터 버려진 아이"라는 린튼씨의 말이다. 이 말은 히스클리프가 인도인 혹은 흑인임을 암시한다. 세 번째는 넬리가 히스클리프에게 "너가 만일 순수한 흑인이라면"이라고 하는 말과 이어서 "너의 아버지는 중국의 황제이고, 너의 어머니는 인도의 여왕일지도 모른다"라는 말이다. 이 말은 그가 순수한 흑인이 아닌 흑백혼혈인이거나 피부색이 검은 중국인 또는 인도인일 가능성을 암시한다. 이처럼 이 작품에는 히스클리프의 인종적 정체성에 대해 모호한 암시만 있고 정확한 인종적 정체성에 대해서는 명확하게 서술되지는 않는다. 분명한 것은 히스클리프가 백인이 아니라는 사실이다.

로크우드가 '워더링 하이츠'가 있는 지역을 "사회의 소용돌이에서 완벽하게 떨어진 곳"으로 묘사하듯이 이곳은 지리적으로 영국에서도 접근하기 매우 어려운 오지이다. 이러한 점에서 이 지역은 당시 세계의 어느 곳이든 식민지를 개척하던 영국이 아직 발견하지 않고 개척하지 않은 식민지와 유사한 지역임을 암시한다. 이 소설의 전반부에서 히스클리프는 이러한 영국의 식민지에서 억압받는 피식민자의 모습으로 등장한다.

히스클리프가 처음 발견되는 상황은 그의 인종적 정체성을 유추하게 한다. 이 소설에서 과거의 사건이 시작되는 1770년경, 약

영국 소설, 인종으로 읽다

7살가량의 히스클리프는 당대 영국 최대 흑인 노예 무역항인 리버풀의 거리에서 길을 잃고 헤매는 이름도 모르는 어린아이의 상태에서 어언쇼씨에 의해 발견된다. 당시 리버풀은 동인도회사에서 모집한 동인도인 선원들, 영국이나 스페인의 아메리카 식민지의 농장에 공급할 서아프리카에서 데려온 흑인 노예들, 그리고 아메리카의 서인도제도에서 돌아오는 영국인 노예선 선장이나 농장주, 정부 관리, 장교들로 붐비는 국제 항구였다. 이러한 시기에 당연히 런던이나 리버풀 같은 항구 도시에는 서인도제도에서 데려온 흑인 노예들이 많이 살고 있었고, 이들을 팔고 사는 노예매매가 공공연히 이루어지고 있었다. 이러한 노예매매는 영국에서 법적으로 노예제가 폐지된 1834년까지 지속되었다. 어언쇼씨가 리버풀에서 헤매는 히스클리프를 보았을 때 "그것의 소유주"를 물어본 것은 그를 이러한 흑인 노예의 아이로 간주했기 때문에 그 당시의 재산법으로서는 당연하다고 할 수 있다. 이후에 린튼씨가 히스클리프를 처음 대면했을 때 "어언쇼씨가 리버풀에서 얻은 습득물"이라고 규정하는 말도 주인이 없는 노예이기 때문에 물건처럼 소유할 수 있는 재산이라는 의미를 내포한다. 이러한 이유로 이 소설에서 히스클리프는 서인도제도 출신 노예의 버려진 아이일 가능성이 크다. 그는 인종적으로 흑인이거나 혹은 넬리의 관찰처럼 순수한 흑인이 아닌 흑백혼혈인일 수 있다. 이처럼 작중 백인 인물들에 의해 식민지의 노예의 아이로 규정되는 히스클리프는 영국의 '워더링 하이츠'에 와서도 식민지에서 억압받는 피식민자와 마찬가지인 처지에 처한다.

머리말에서 보듯이 인종주의 이데올로기는 지배자와 피지배자, 즉, 우월한 '우리'와 열등한 '타자'를 이분법적으로 구분하는 인종적 차이를 만들어냈는데 히스클리프는 당대 백인들의 타인종에 대한 인종주의 이데올로기를 고스란히 드러낸다. 이 소설의 백인 인물들의 눈에 히스클리프는 더럽고, 미천하고, 해롭고, 사악하고, 잔인하고, 위험하고, 혐오스러운 검은 피부를 하고 있다. 그는 또한 정상적인 인간이 아닌 괴물 같은 존재, 혹은 인간이 아닌 원숭이나 개와 같은 동물, 혹은 짐승보다 못한 식인종으로 인식된다.

리버풀에서 주운 히스클리프를 집으로 데려온 어언쇼씨의 첫마디는 "그것은 마치 악마로부터 온 듯 검다"이다. 어언쇼씨는 선한 사마리아인처럼 길 잃은 아이인 히스클리프에게 자선을 베풀었다는 점에서 긍정적인 인물로 보인다. 그러나 그 역시 히스클리프를 "그것"(it)으로 지칭하며, 피부색이 검다고 하여 타인종을 인간이 아닌 동물 혹은 악마에 비유하는 당대 전형적인 백인의 인종주의 이데올로기에서 벗어나지 못하는 인물임을 드러낸다. 어언쇼 부인 역시 "집시 자식을 데려왔다"라고 불평하며, 타인종에 대한 혐오감을 드러낸다.

백인 가정부인 넬리의 눈에도 히스클리프의 첫인상은 "더럽고, 누추하고, 검은 머리를 한 아이"로 비치는데 당시의 통념과 인습에 젖은 넬리 역시 타인종을 이해하려고 하기보다는 상종하기 싫은 경멸적인 존재로 인식하는 당대 백인들의 의식 수준을 그대로 답습하고 있다. 넬리는 히스클리프가 쓰는 언어에 대해서도 "알아들을 수 없는 알 수 없는 말"을 한다고 하면서 영어가 아닌 언어를 쓰는 타인종을 무조건 배척하는 태도를 취한다.

이렇게 하여 '워더링 하이츠'에 들어온 히스클리프는 어언쇼라는 성을 절대 부여받지 못하기 때문에 어언쇼씨의 죽은 아들의 이름을 따서 이름도, 성도 히스클리프가 된다. 주워온 검은 아이인 히스클리프는 자작농인 어언쇼 집안에서 하인의 위치로 살아간다. 캐서린도 처음에는 그를 무시했지만 곧 작중 인물들 중 유일하게 인종적 편견 없이 그와 오누이 이상으로 친밀하게 애정을 나누는 사이가 되어 주변 황야의 대자연 속을 뛰놀며 자유를 만끽한다.

그러던 어느 날 히스클리프와 캐서린은 십대 초반에 새로운 세상을 엿보게 된다. 젠트리 계층인 린튼 집안이 살고 있는 '스러쉬크로스 그레인지'(Throsscross Grange)라는 대저택은 자연의 세계를 상징하는 '워더링 하이츠'와는 대조되는 화려한 문명의 세계이다. 그런데 히스클리프와 캐서린이 '스러시크로스 그레인지'에서 처음으로 마주치는 린튼 집안사람들 역시 타인종을 혐오하는 점에서는 별반 차이가 없고 오히려 더욱 심하기까지 하다. 호기심으로 저택을 몰래 엿보다가 붙잡힌 히스클리프는 검은 피부를 가졌다는 이유로 자초지종도 묻지도 않은 채 도둑 취급을 당한다. 백인 하인 로버트는 히스클리프에 대해서 "부랑자," "더러운 입을 가진 도둑"이라 부르며 교수형에 처할 것이라고 소리친다. 치안판사인 주인 린튼씨도 "악당"을 나타내는 낱말로 히스클리프를 칭하며, 도둑 행위에 대한 증거도 없이 "그를 당장 교수형에 처하는 것이 이 고장을 위해 호의를 베푸는 일"이라고 단정한다. 린튼씨가 규정하는 히스클리프의 죄목은 다름 아닌 검은 피부라는 점과 기독교도가 아닌 이교도라는 점이다.

린튼 부인과 딸 이사벨라 또한 검은 피부를 사악하고 해로운 악마와 연결시키며, 히스클리프를 괴물 혹은 동물로 취급하면서 타인종에 대한 전형적인 외국인 공포증과 혐오증을 보여준다. 린튼 부인은 히스클리프에 대해서 "사악한 애로군. 그리고 품위 있는 집에 아주 어울리지 않아! 여보, 그의 언어를 들어봤어요? 우리 애들이 들었을까 봐 겁나요"라고 말한다. 이처럼 그녀는 검은 피부를 사악한 악마로서 백인 아이들에게 위험한 영향을 미치는 해로운 존재로 치부하고 있다.

이사벨라 또한 이러한 부모의 태도와 다를 바 없이 히스클리프에 대해서 "무서운 것! 아빠, 그를 지하실에 가둬요. 그는 내 꿩을 훔쳐 간 점쟁이 아들의 얼굴과 똑같이 생겼어요"라고 외친다. 열한 살짜리 소녀일 뿐인 그녀 역시 타인종을 인간이 아닌 무서운 괴물, 동물, 혹은 물건으로 취급하며, 피부색이 다르다는 이유로 지하실에 감금해도 당연한 백인 부모들의 이데올로기를 그대로 반복하고 있다. 히스클리프이든 히스클리프와 똑같이 생긴 점쟁이의 아들이든 그들은 타인종이라는 이유로, 또 기독교도가 아닌 이교도라는 이유로 백인들에 의해 모두 쉽게 도둑으로 취급된다. 반면, 함께 잡힌 캐서린은 백인이라는 이유로 도둑의 위치에서 갑자기 린튼 집안이 호의와 친절을 베푸는 대상이 된다.

상대적으로 유순한 인물로 묘사되는 린튼가의 아들 에드거(Edgar)도 히스클리프의 타자성을 경멸하는 점은 마찬가지다. 그는 히스클리프의 검은 긴 머리에 대해 "망아지의 갈기 같다"고 말하는데, 이것은 에드거 역시 타인종을 인간이 아닌 원숭이와 같은 동물로 취급하여 무시하는 당대 이데올로기에서 벗어나지 못하는 인물임을 나타낸다.

히스클리프가 개와 같은 동물로 취급되는 예는 작품의 여러 백인 인물들을 통해 살펴볼 수 있다. 넬리는 히스클리프와 캐서린이 격렬하게 포옹하고 있을 때 다가가는 자신에게 그가 "미친 개처럼 입에 거품을 물고 나를 향해 이빨을 갈았다"라고 하거나, 그 순간 "내가 나와 같은 종(species) 사이에 있는 것인지 느낄 수 없었다"라고 서술한다. 이것은 그녀가 히스클리프와 같은 타인종을 인간이 아닌 동물로 인식하고 있다는 뚜렷한 증거이다. 또한 그녀는 캐서린의 죽음을 애통해하는 히스클리프의 격렬한 반응에 대해 "두 눈을 위로 치켜뜨고, 인간이 아닌, 칼이나 창에 찔려 죽어가는 야수처럼 울부짖었다"라고 말하며, 개나 이리떼가 짖는 행위를 의미하는 "짖어대다"라는 낱말을 선택함으로써 히스클리프의 야수성을 더욱 강조한다.

히스클리프의 아내인 이사벨라 역시 자주 히스클리프를 개에 비유함으로써 그의 타자성을 계속 환기시킨다. 그녀는 집에 못 들어오게 하는 힌들리에게 분노하여 자신을 들여보내달라고 소리치는 히스클리프의 말을 "고함치다"라거나 "호통치다"라는 인간이 쓰는 언어로 묘사하지 않고 "[개가 이빨을 드러내고] 으르렁거리다"라는 낱말로 표현함으로써 히스클리프를 개와 같은 동물의 수준으로 파악하고 있다. 이사벨라가 "내가 당신이라면 그녀[캐서린]의 무덤 위에서 충성스러운 개처럼 죽겠다"고 히스클리프를 비난할 때도 이 점은 더욱 뚜렷이 드러난다. 그녀는 히스클리프가 "야수" 혹은 "괴물"일 뿐 "인간이 아니다"라고 선언한다.

타인종은 동물과 같아서 신경이 무감각하여 고통에도 잘 견디고, 가혹하게 다루어도 마치 감정이 없는 동물인 것처럼 잘 견뎌낸다는 당대 인종주의 이데올로기는 힌들리의 폭력을 참고 견디는 다음과 같은 히스클리프의 모습에서도 분명히 드러난다. 넬리는 그에 대해 이렇게 묘사한다.

> 그는 무뚝뚝하고 참을성 있는 아이 같았어요. 아마 학대를 받는데 이골이 났겠지요. 힌들리에게 얻어맞아도 눈 하나 깜짝 않고 눈물 한 방울 안 흘리며 참곤 했고, 저에게 꼬집혀도 마치 자신이 실수로 다쳤으니 남을 탓할 수 없다는 듯이 숨을 깊이 들이쉬고 눈을 크게 떴을 뿐이었어요.

언뜻 보면 고통을 잘 참는 히스클리프의 인내심을 칭찬하는 것 같은 넬리의 서술은 사실은 타인종은 동물처럼 감각이 둔하므로 고통을 잘 참는다고 생각한다는 점에서 당대 백인들이 노예제와 같은 가혹한 억압과 착취를 정당화하기 위해 만들어낸 인종주의 이데올로기에 다름 아닌 것이다.

힌들리는 어언쇼씨가 죽은 후 가장이 되어 인종적, 계급적 타자인 히스클리프를 억압과 폭력으로 지배하려고 함으로써 마치 식민지를 경영하는 식민주의자와 같은 지배 욕망을 드러낸다. 그는 식민지 출신으로 간주되는 히스클리프를 다룰 때 식민주의자가 식민지의 피지배자를 지배하면서 학대하는 태도와 마찬가지로 극단적인 포악함을 보여준다. 히스클리프를 부를 때는 늘 "개"라고 하며 욕설을 하고, 동물로 취급한다. 여동생 캐서린에게는 히스클리프와 노는 것마저 금지한다. 백인인 넬리도 인정하듯이 히스클리프에 대한 힌들리의 학대는 가히 "폭군적"이다. 넬리 조차 "성자라도 악마로 만들기에 충분할 만큼" 힌들리의 학대가 심했다고 말한다. 힌들리는 히스클리프를 식민지의 노예처럼 무임금으로 농사일을 시키며 노동을 착취한다. 힌들리의 악마성은 9장에서 절정을 이루는데 그는 어린 자식인 헤어튼이 자신을 좋아하지 않는다고 "산 채로 몸의 껍질을 벗기겠다," "귀를 자르겠다," "목을 부러뜨리겠다"라고 말하는 등 혈육에게까지 폭군적인 행위를 하여 같은 백인인 넬리로 하여금 "이교도보다 더 나쁜 사람"이라는 비난을 듣는다.

"산 채로 몸의 껍질을 벗기겠다"라거나 "귀를 자르겠다"라는

행위는 1840년대에 영국에 만연한 생체해부라는 의학적 행위와
연관이 있다. 1842년의 생체해부에 대한 한 정의를 보면 "살아있
는 동물을 절개하여 독물을 주입함으로써 고통이 발생하고 때로
는 고통이 연장되어 자주 죽음에 이르기도 한다"라고 되어 있다.
생체해부는 영국인이 상상하는 식인종의 행위를 연상시킨다. 에
밀리 브론테는 여기에서 백인인 힌들리가 오히려 잔인한 식인종
같은 발언을 하고 있다는 것을 상기시키며, 당대의 생체해부는 곧
백인들이 경멸하는 식인종의 행위와 같다는 사실을 비판하고 있다.

힌들리의 학대로 히스클리프는 점점 "야만적인 음침함과 잔
인함," 즉 식인종의 성향을 띄는 것으로 묘사된다. 그리고 힌들리
의 학대는 역으로 향후 그처럼 잔인한 식민주의자가 될 히스클
리프에게 모방을 할 "좋은 본보기"가 된다. 히스클리프의 이러한
"야만적인 음침함과 잔인함"은 백인들이 상상하는 식인종의 특
징으로서 히스클리프가 힌들리에 대한 복수를 결심하는 순간부
터 이 작품의 백인 인물들에 의해 인식된다. 백인들이 날카로운
이빨로 인육을 베어 먹는 식인종의 얼굴에서 느끼는 전형적인 표
정이 "야만적인 음침함과 잔인함"이다. 2권 2장에서 히스클리프
와 결혼한 이사벨라가 히스클리프의 잔인함을 관찰할 때도 식인
종의 특징이 나타난다. 캐서린의 묘지에서 돌아온 히스클리프가
집 안으로 들어오려고 할 때 만취한 힌들리가 증오심으로 문을
잠그고 히스클리프를 들어오지 못하도록 하자 극도로 분노한 히
스클리프가 주먹으로 창문을 쳤을 때 이사벨라는 "날카로운 식인

종 같은 이빨이 어둠 속에서 번득였다"라고 묘사한다.

히스클리프의 인종적 타자성을 끊임없이 의식하는 이사벨라는 이 장면에서도 히스클리프의 "검은 얼굴"을 겨울에 내리는 흰 눈과 대조시키며 검은 색깔을 부정적으로 강조하고 있다. 또한 "날카로운 식인종 같은 이빨"은 당대 영국 백인들이 상상하는 식인종의 전형적인 신체적 특징이다. 넬리도 히스클리프에 대해서 "그는 시체를 파먹는 귀신인가, 아니면 흡혈귀인가?"라고 의심하는데 그녀 또한 타인종을 식인종, 귀신, 흡혈귀와 연결시킨다.

이 장면에서 에밀리 브론테는 오히려 식인종은 백인이 만들어 낸 허구이며, 그 허구를 진실로 믿는 당대 백인들을 비판하고 있음을 알 수 있다. 그 증거는 힌들리가 히스클리프를 죽이려고 날 뛰다가 칼이 달린 총으로 인해 실수로 힌들리의 살이 "베어져서" 피가 솟을 때 이사벨라는 분노로 힌들리를 잡아먹을 듯한 히스클리프의 모습에서 식인종의 행위를 연상하지만 실제로 히스클리프는 자제심을 발휘하여 힌들리의 소매를 찢어서 상처 난 곳을 동여매 줌으로써 그를 위험에서 구한다는 점에서 식인종 같은 행위를 하는 인물은 히스클리프가 아닌 오히려 힌들리라는 사실이 드러난다.

넬리는 교육을 통하여 히스클리프에게 검은 피부는 악이며, 흰 피부는 선이라는 당대 이데올로기를 계속 주입하여 그가 흰 피부를 동경하도록 만드는 데 일조함으로써 히스클리프의 반항을 당분간 억제하는데 기여한다. 넬리는 히스클리프의 외모에 대해 자세히 언급하면서 검은 얼굴이 의미하는 부정적인 부분에 대해 조목조목 이야기한다.

　　네 두 눈 사이에 있는 두 줄의 주름살과 아치 모양으로 올라가지 않고 중간이 내려와 있는 저 짙은 눈썹, 그리고 쑥 들어간 저 시커먼 악마 같은 두 눈, 그 창을 당당하게 여는 법 없이 마치 악마의 첩자처럼 그 아래 숨어서 번득이고 있는 두 눈이 보여? 그 시무룩한 주름살을 활짝 펴고 눈꺼풀을 솔직하게 뜨고 악마 같은 두 눈을, 아무것도 의심하지 않고 누구든지 분명한 적이 아닌 경우에는 친구라고 생각하는, 숨김없고 순진한 천사와 같은 눈으로 바꾸도록 힘써. 발길에 채는 것이 당연한 벌이라는 것을 아는 듯하면서도 그 아픔 때문에 발로 찬 사람뿐만 아니라 온 세상을 미워하는 사악한 똥개 같은 얼굴은 하지마.

넬리가 히스클리프의 검은 두 눈을 "악마," "악마의 첩자"로 묘사하고, 검은 얼굴을 "사악한 똥개"로 묘사할 때 우리는 타인종을 악마나 동물로 취급하는 반복되는 증거를 본다. 반면에 넬리의 눈에 백인의 눈은 "천사와 같은 눈"이다. 그녀는 백인인 에드거의 천사와 같은 눈을 히스클리프의 악마같은 눈과 대조시킨다. 에드거의 초상화를 바라보는 백인인 로크우드의 시각으로 볼 때 에드거의 외모는 "아주 호감을 주는" 긍정적인 인상을 풍긴다. 로크우

　　　　　　　　　　　영국 소설, 인종으로 읽다

드가 바라보는 에드거의 눈은 "크고, 진지하고, 우아하다." 캐서린이 아무리 히스클리프를 사랑한다고 해도 백인 이데올로기를 주입받아 온 캐서린의 눈에도 에드거의 눈은 "비둘기의 눈, 천사의 눈"이다. 넬리는 히스클리프가 "아무것도 의심하지 않는" "천사와 같은" 백인의 눈을 모방하게 함으로써 "발로 찬 사람뿐 아닌 온 세상을 미워하는" 반항적인 행위를 사전에 차단시키려는 식민주의자로서의 힌들리의 충실한 하녀 역할을 한다.

힌들리에 의해 피식민자 취급을 당하는 히스클리프는 이처럼 흑백을 선악으로 이분하는 충실한 식민주의자의 하녀인 넬리의 세뇌의 영향으로 마침내 백인의 흰 피부를 동경하게 된다. "나도 [에드거처럼] 엷은 머리카락과 흰 피부를 가졌으면"하는 고백이 그것이다. 흰 피부는 곧 "품위 있는" 것임을 린튼 부인에게서 주입받은 적이 있는 히스클리프가 드디어 "넬리, 나를 품위 있게 만들어줘요"라고 결심하는 말은 백인을 선이며 문명인으로 주입한 넬리를 비롯한 백인 인물들이 세뇌를 시킨 결과이다.

넬리의 이러한 식민주의 교육에도 불구하고 히스클리프는 이 소설의 후반부에서 식민주의자의 충실한 신민이 되지 않고 오히려 식민주의자와 같은 인물이 되어 자신을 지배했던 힌들리의 야만적 행위를 모방하면서 잔인한 복수극을 펼치게 된다. 히스클리프는 자신과 결혼하면 격이 떨어지고 거지가 될지도 모른다는 캐서린의 말에 충격을 받아 영국을 떠나 종적을 감춘 지 삼 년 만에 어엿한 자본가인 신사의 모습으로 나타나 복수의 칼을 겨눈다. 시대 상황으로 미루어볼 때 히스클리프는 당시 미국 독립전쟁 (1775~1783)에 참전하여 군인으로서 돈을 모은 것으로 추측된다.

히스클리프는 왜 복수극의 주인공이 될까? 물론 캐서린에 대한 사랑의 좌절에서 오는 원한이 너무 클 것이고, 또 경제적 혹은 계급적 이유 등 여러 가지 설명이 가능하다. 그 중에서도 인종의 문제가 무엇보다도 중요한 이유가 된다. 왜냐하면 히스클리프가 복수의 대상으로 삼는 인물들은 자신을 타인종이라는 이유로 경멸한 발언을 한 적이 있는 사람들이거나 혹은 그들을 닮은 백인의 자녀들이기 때문이다. 힌들리, 에드거, 이사벨라에 대한 복수는 피부색을 이유로 자신을 경멸했던 사람들에 대한 복수이다. 아들 린튼에 대한 증오도 백인인 에드거와 이사벨라를 완벽하게 닮았다는 이유로, 캐시에 대한 증오도 백인 아버지 에드거와 "몹시 닮았다"라는 이유로 복수의 대상이 된다. 그간 백인들이 피부가 검다는 이유로 자신을 악마, 괴물, 동물로 취급한 행위를 그대로 모방하여 히스클리프는 백인들의 신체가 자신과 다르다는 이유로 그들을 혐오스러운 존재로 경멸한다.

히스클리프가 백인의 신체를 의식하고 경멸하는 최초의 사건은 처음으로 '스러쉬크로스 그레인지'에 갔을 때 그들에게 멸시를 당하고 쫓겨나면서 캐서린을 보고 있는 백인들의 눈을 "멍청한 푸른 눈"이라고 생각할 때이다. 이러한 히스클리프의 생각은 화려한 저택에 문명인으로 살면서 행복하리라고 예상했던 백인인 에드거와 이사벨라가 강아지 한 마리를 서로 뺏으려고 싸우다

영국 소설, 인종으로 읽다

울고 있는 것을 목격한 후에 일어난다. 고작 강아지 한 마리 때문에 다투는 문명인들이 피부색이 다르다고 하여 자신을 야만인으로 본 것이다. 이 순간부터 히스클리프는 "사악한 악마 같은 눈"이라고 자신의 신체를 부정적으로 칭한 백인들을 그대로 모방하여 "멍청한 푸른 눈"이라는 말로 되갚아 준다.

히스클리프가 힌들리에게서 학습한 폭력성과 잔인성은 아내가 된 이사벨라를 대하는 태도에서도 드러난다. 히스클리프는 타인종인 이사벨라를 인간이 아닌 혐오스러운 동물로 취급한다. 넬리는 그와 결혼하고 싶어 하는 순간의 이사벨라의 모습을 바라보는 히스클리프가 "서인도제도에서 가져온 지네처럼, 징그럽기는 하지만 호기심에서 보고 싶어지는 기이하고 역겨운 동물을 바라보듯이 [이사벨라]를 바라 보았다"라고 서술한다. 그는 또한 이사벨라의 흰 피부를 "메스꺼운 납 같은 얼굴"이라고 말하며 백인들이 소위 정의, 진실, 처녀성으로 규정하는 흰색을 혐오스럽고 추한 색으로 격하시킨다. 그는 식민주의자 행세를 하는 힌들리에게 배운 폭력성과 잔인성을 모방하여 백인인 이사벨라에게 적용할 것을 선언한다: "내가 만약 그 메스꺼운 납 같은 얼굴과 같이 산다면… 매일 혹은 이틀에 한 번씩 그 흰 얼굴을 무지갯빛으로 멍들게 하고 푸른 눈을 시커멓게 멍들게 해주겠어." 히스클리프에게 "흰 얼굴"과 "푸른 눈"에 대한 동경은 더 이상 없으며 그것들은 단지 경멸의 대상일 뿐이다. 이사벨라와 결혼한 후에도 히스클리프는 자신이 린튼 집안의 백인들에게서 들었던 "악당," "악마,"

"부랑자" 등의 표현에 상응하는 "노예 같은, 비굴한 계집," "비열한 인간," "독사," "비열한 멍청이" 등 똑같은 부정적인 욕설을 피부가 다른 그녀에게 퍼붓는다. 이사벨라도 "잔인한 야수," "사람의 탈을 쓴 악마" 등으로 맞대응함으로써 서로 간의 인종적 증오는 극에 달한다.

히스클리프가 아들을 학대하는 것도 힌들리가 아들을 학대하는 태도를 모방한 것이다. 특히 히스클리프의 아들인 린튼은 아버지를 전혀 닮지 않고, 모든 면에서 백인 어머니인 이사벨라와 외삼촌인 에드거를 닮았다는 점 때문에 히스클리프의 미움을 받는다. 린튼은 히스클리프의 아들이지만 백인의 외모를 하고 있다. 그는 "푸른 눈"을 가졌고, 캐시는 그의 머리 카락에 대해서 "자신보다 더 엷은 색깔, 즉 아마 빛에 더 가깝고, 자신만큼 부드럽다"고 말한다. 히스클리프가 "넌 완전히 너의 엄마의 애로구나! 도대체 나와 닮은 구석이 한 군데라도 있어야 말이지"라는 말에서 보듯 린튼은 아버지의 검은 피부를 물려받지 않고 어머니인 이사벨라를 닮았다. 또한 넬리가 처음 대면하는 열두 살 된 린튼은 그녀의 말대로 "창백하고, 까다롭고, 여자 같은 애로서 주인[에드거]의 동생이라 해도 곧이들을 정도"로 에드거를 너무 닮았다. 이처럼 린튼은 백인의 신체적 특징에다가, 병치레가 잦고, 약하고, 걸핏하면 울기만 하는 등 정신적으로도 나약한 이사벨라와 에드거를 닮았다고 해서 히스클리프의 증오의 대상이 된다. 린튼의 흰 얼굴은 히스클리프의 눈에 "천사 같은 얼굴"이 아니라 "창백한

허여멀건 얼굴"로 경멸의 대상일 뿐이다. 히스클리프에게는 혈육에 대한 정은 없고 오직 캐시와 강제 결혼시켜 재산을 차지할 수단일 뿐인 린튼은 결국 병약한 몸으로 일찍 죽어버린다.

캐시에 대한 증오를 드러낼 때도 히스클리프는 힌들리의 생체해부적 행위와 같은 잔인한 행위를 모방한다. 캐시는 캐서린의 딸임에도 불구하고 백인 아버지 에드거를 닮았다는 이유로 히스클리프의 증오의 대상이 된다. 히스클리프는 캐시와 린튼에 대한 증오를 "내가 만약 여기처럼 법이 엄하거나 취미가 고상하지 않은 곳[식민지]에 태어났더라면 저 둘을 하룻밤 심심풀이로 천천히 생체해부해버렸을 텐데"라고 말한다. 이 말은 앞에서 힌들리가 헤어튼에 대해서 "산 채로 몸의 껍질을 벗기겠다"라거나 "귀를 자르겠다"라고 한 말에서 보듯 당시 백인들이 상상하는 식인 종적 행위와 유사한 생체해부를 히스클리프 또한 그대로 모방하고 있다는 사실을 드러낸다. 이처럼 "생체해부"라는 낱말을 쓸 만큼 히스클리프는 백인인 캐시를 싫어한다. 그가 "난 네가 이 세상에 태어난 걸 저주해…난 널 사랑하지 않아!"라고 하는 말에는 캐시에 대한 극도의 증오심이 표현되어 있다. 히스클리프는 또한 린튼과 강제 결혼시키려 하는 자신에 대해 반항하는 캐시의 "양쪽 뺨을 무섭게 내리갈기는" 폭력성을 발휘할 정도로 캐시를 증오한다. 로크우드와 같은 백인들이 "감탄할 만한 자태"라고 평가하는 "흰 살결과 노란 고수머리"를 가진 캐시의 신체는 히스클리프의 눈에는 추악한 백인의 신체일 뿐이다. 그는 캐시의 손이 자신의 몸에 닿자 "그 도마뱀 같은 손가락으로 만지지 마… 차라리 뱀에게 몸을 감기는게 낫지"라고 하며 캐시의 신체를 혐오한다.

역시 백인인 헤어튼은 히스클리프가 가장 증오하는 힌들리의 아들이기 때문에 히스클리프가 힌들리의 폭력성과 잔인성을 가장 심하게 모방하여 복수하는 대상이 된다. 히스클리프는 헤어튼에게 전혀 교육을 시키지 않고, 하인의 위치로 전락시켜 자신이 힌들리에게 학대당했던 것과 똑같이 헤어튼에게 되갚아주려고 한다.

그러나 힌들리를 모방하는 식민주의자로서 히스클리프의 두 세대에 걸친 백인에 대한 끈질긴 복수와 증오의 동력은 작품의 후반에서 그 힘이 약화된다. 히스클리프는 "막상 복수를 할 만반의 준비가 되고 내 힘으로 무엇이든 할 수 있게 되자 어느 쪽 집에서도 기와 한 장 들어내고 싶은 생각이 없어졌다"라고 복수의 무의미함을 토로한다. 히스클리프에게는 "맹렬한 노력에 대한 우스꽝스러운 종말"이다. 히스클리프가 이러한 갑작스러운 종말을 맞이하게 된 원인은 대체 무엇일까? 우선 표면적으로 볼 때 헤어튼의 외모가 죽은 캐서린과 너무나 닮았다는 사실이 히스클리프에게 복수심을 마비시키게 했을 수 있다.

그러나 좀 더 세심한 읽기를 해보면 히스클리프가 복수를 포기하게 만드는 가장 큰 원인은 인종을 초월하여 자신이 겪었던 처지와 같은 인간에 대한 이해와 공감일 것이다. 한 예로 아들 린튼이 거친 바깥일로 피부가 거무스레한 헤어튼을 흑인으로 간주하여 "짐승 같은 헤어튼"이라고 경멸하자 헤어튼이 격하게 반항하는 것을 볼 때 히스클리프는 옛날 자신이 겪었던 것과 똑같은 수모와 멸시의 감정을 느끼며 헤어튼과 공감한다. 히스클리프가 넬리에게 "난 헤어튼의 모든 감정에 대해 다 공감할 수 있어. 나 자신이 다 느껴봤기 때문에. 난 저 녀석이 지금 무엇 때문에 괴로워하고 있는지 다 알지"라고 하는 고백은 역지사지의 심정으로 똑같은 억압과 멸시를 겪은 사람만이 경험할 수 있는 이해와 공감을 드러낸 말이다. 여기서 히스클리프는 백인이니 비백인이니 하는 인종 간 증오와 갈등은 너무나 무의미한 소모전임을 깨닫는 것이다. 겉으로는 히스클리프가 헤어튼을 증오하는 것처럼 보이지만 무의식 상태에서는 이러한 공감이 일어나기 때문에 헤어튼은 히스클리프가 아무리 자신을 학대해도 결국 히스클리프를 "몹시 좋아하게 되는" 상황이 되는 것이다.

헤어튼의 히스클리프에 대한 태도는 헤어튼을 사랑하는 캐시의 히스클리프에 대한 태도마저 변화시켜 히스클리프와 캐시 사이의 인종적 증오 또한 해결되는 원동력이 된다. 히스클리프에 대한 증오심으로 그를 비방하는 캐시에게 헤어튼은 자신과 히스클리프의 관계에 대해서 이렇게 말한다.

> 설령 그가 악마라 하더라도 자신은 그의 편이 될 것이며…
> 이성의 힘으로는 어떻게 할 수 없는 더욱 강렬한 유대 관계
> 로 맺어진 관계, 즉 습관으로 다져진 쇠사슬 같은 관계라는 것,

그러니 그 관계를 끊으려는 것은 잔인한 일이다.

앞 장에서 읽은 『프랑켄슈타인』에서 피조물이 프랑켄슈타인에게 창조자와 피조물의 쇠사슬 같은 유대 관계를 강조하듯이, 이 말은 독자들에게 히스클리프와 헤어튼의 관계가 정신적인 부자관계, 혹은 서로 분신의 관계임을 깨닫게 한다. 즉, 아무리 히스클리프가 헤어튼을 학대했다 하더라도 넬리의 서술이 미처 다 설명하지 않은 히스클리프의 헤어튼에 대한 무의식적인 이해와 공감을 독자들이 상상할 수 있는 것이다. 그리고 헤어튼의 말에는 적어도 지금까지 이 작품 속의 대부분이 백인들이 소유했던 인종과 관련된 어떠한 편견도, 차별도 없으며, 단지 인간에 대한 이해가 있을 뿐이다. 이러한 헤어튼의 진정성으로 인해 캐시는 이 사건 이후부터 히스클리프에 대한 불평이나 반감을 버리게 된다.

이 소설의 결말에 히스클리프라는 이방인이 제거됨으로써 '워더링 하이츠'는 본래의 평화와 질서를 되찾는다고 해석하는 평자들이 많으나 그것은 단편적인 해석이다. 히스클리프는 제거되는 것이 아니라 캐서린과의 합일의 가능성으로 인하여 복수를 포기하고 자신만의 천국으로 가는 죽음을 주체적으로 선택한다. 또한 히스클리프의 죽음은 인종 간의 증오와 갈등이 화해로 변화하는 순간이 된다. 그 이유를 구체적으로 살펴보면 첫째, 히스클리프는 캐서린과 서로 다른 인종이라는 이유로 비록 살아서 육체로는 합일이 되지 못해도 영혼만은 하나로 합일을 이룬다. 죽음의 순간

"환희에 차 있는" 그의 눈빛은 캐서린과의 영혼의 합일이라는 그의 평생의 소원이 성취되었음을 의미한다. 히스클리프는 이미 교회지기로 하여금 캐서린의 관과 자신의 관의 한쪽을 열어놓도록 함으로써 죽어서 하나가 되는 야심찬 계획을 세워 놓았던 것이다. 이로써 히스클리프와 캐서린은 유령으로서 자신들이 어릴 적 뛰놀던 황야를 영원히 돌아다니며, 자신들만의 천국에 살게 된 것이다.

둘째, 피부가 검다고 주변 모두가 "악마"라고 하는 히스클리프가 죽음을 맞이했을 때 헤어튼은 "진정으로 슬퍼하며, 밤새껏 시신 옆에 앉아서 복받치는 울음을 참지 못하고…너그러운 마음에서 절로 우러나오는 깊은 슬픔으로" 그의 죽음을 슬퍼한다. 우리가 이 소설의 마지막에 받는 감동은 바로 이 장면 때문일 것이다. 로크우드는 이 소설이 헤어튼과 캐시가 결혼함으로써 '워더링 하이츠'와 '스러쉬크로스 그레인지'가 화해하고 질서를 회복하는 것으로 정리한다. 그러나 이 두 집안은 백인과 백인 집안 사이일 뿐이고, 이 작품의 진정한 갈등은 백인과 타인종의 문제이기 때문에, 이 두 사람이 결혼한다는 사실에 대해서 독자는 그간의 갈등이 해소되었다고 느끼거나 진정한 감동을 받기 어렵다. 독자들이 이 소설의 마지막에서 감동을 받는다면 그것은 타인종인 히스클리프의 죽음을 허위의식 없이 가슴 깊은 곳에서부터 진심으로 슬퍼하는 백인 헤어튼의 눈물 때문일 것이다. 작품의 마지막에 이르러 기나긴 인종 간의 갈등이 끝나고 비백인인 히스클리프와 백인인 헤어튼과의 진정한 화해가 이루어진 것이다. 헤어튼이 장례식

에서 눈물을 흘리며 히스클리프의 무덤에 떼를 입힌 잔디가 세월
이 흐른 후 옆에 묻힌 캐서린이나 에드가의 무덤과 똑같이 "고르
고 푸르듯이," 인종적 구분이 없는 세계가 죽음으로써 달성된 것
이다.

　이처럼 비백인인 히스클리프와 백인인 헤어튼의 인종 간 화해
는 19세기 영국 소설에서 보기 드문 주목할 만한 성취이다. 이러
한 관점에서 에밀리 브론테는 19세기 중반의 제국주의 질서를 옹
호하거나 인종주의 이데올로기에 동의하는 인종주의자는 아니라
고 할 수 있다. 그러나 그녀가 무조건 타인종의 편에 서 있는 것은
아니다. 그녀가 문제 삼는 것은 어떤 인종이든지 지배자로서 강자
인 식민주의자가 피지배자이며 약자인 타인종을 억압하고 멸시
하는 비인간적 태도이다. 힌들리는 백인이지만 식민주의자적인
악마성과 폭군 기질은 문명인이 아닌 야만적인 행위로서 작가가
비판하는 대상이 된다. 히스클리프도 처음에 피식민자로서 약자
인 상황에 있을 때는 작가의 동정을 받지만, 역으로 힌들리와 같
은 식민주의자가 되어 타인종인 백인을 억압할 때, 특히 여성인
이사벨라나 캐시에게 폭력까지 행사할 때는 그 역시 작가의 동정
을 받지 못한다. 작가가 히스클리프에 대한 동정을 회복하는 시점
은 히스클리프가 역지사지의 심정으로 억압받는 자의 심정을 이
해하면서 이 모든 식민주의자적, 인종주의자적 행위의 무의미함
을 인식하고 타인종에 대한 복수를 포기하는 순간이다.

　인종 간 화해의 문제에서 에밀리 브론테가 『워더링 하이츠』에

서 이룩한 또 하나의 성취는 19세기 영국 소설에서 보기 드문 타인종 간의 격렬한 사랑이다. 작가는 비록 현실에서 육체적 결합은 이루지 못했다 하더라도 죽어서 유령으로 귀환하여 영혼이나마 합일되는 히스클리프와 캐서린을 통해 서로 다른 인종 간의 화합을 시도하는 어려운 성취를 이루었다. 브론테의 성과가 더욱 값진 것은 이 시기의 다른 백인 작가들에게서는 영혼의 합일조차도 찾아보기 어렵기 때문이다. 게다가 비록 실패한 관계이긴 하지만 에밀리 브론테는 비백인 남성 히스클리프와 백인 여성 이사벨라 간의 인종 간 결혼이 현실에서 이루어지는 상황을 설정했다.

그러나 이러한 에밀리 브론테의 값진 성취에는 당대 백인 여성 작가로서 어쩔 수 없이 감당해야만 하는 한계가 존재한다. 그녀는 이 소설을 발표할 때 엘리스 벨(Ellis Bell)이라는 남성 필명을 사용했는데, 이것은 남성 중심적인 사회 속에서 여성 작가들이 시대의 인습을 정면으로 돌파하지 못한 불가피한 한계이다. 젠더의 문제와 마찬가지로 인종의 문제에 있어서도 백인 중심 사회에서의 백인 여성 작가 에밀리 브론테에게는 여전히 유사한 한계가 존재한다. 브론테가 히스클리프와 이사벨라의 결혼을 통해 타인종 간의 결혼을 작품 속에서 구현했다 할지라도 이 둘 사이에 태어난 린튼은 잦은 병치레를 하고, 창백하고, 까다롭고, 걸핏하면 잘 우는 나약한 아이로 결국은 어려서 죽고 마는 부정적인 인물로 그려지고 있다. 앞에서 보았듯이 당대 영국의 인종 담론은 인종 간 결혼에 대해 극도로 부정적이다. 브론테는 린튼을 통해 백인과 비백인의 성적 결합이 가져올 인종 간 결혼의 위험성을 주장하는 당대 인종 담론을 무의식 중에 드러내는 것이다. 린튼의 죽음으로 이 작품에서 히스클리프의 생물학적 혈육은 단 한 명도 존재하지 않게 된다. 이 작품에서는 캐서린과의 정신적인 결혼이 허용되고 정신적인 아들인 헤어튼은 존재하지만 타인종 간의 육체적 결합만은 부정적으로 취급된다.

최근 『워더링 하이츠』의 신뢰할 수 없는 화자를 내세운 서술 전략의 치밀함에 대해 많은 평자들의 풍성한 논의가 이루어지고 있으며 필자도 이에 동의한다. 인종의 관점에서 보더라도 에밀리 브론테는 신뢰할 수 없는 화자인 넬리와 로크우드를 효과적인 서술 전략으로 활용하고 있다. 넬리는 히스클리프가 죽은 후 유령을 두려워하지 않고 밤 외출을 하는 헤어튼과 캐시와는 달리 여전히 유령을 두려워함으로써 히스클리프에 대한 인종적 편견에 아무런 변화를 보여주지 않는다. 로크우드 역시 히스클리프에 대한 내력을 다 들은 후에도 한 사람의 관광객으로서, 그저 구경꾼의 태도로 히스클리프의 열정의 드라마를 전혀 이해하지 못하고 여전히 그의 유령마저 "악마"로 규정하는 인종차별적인 사고를 버리지 못한다. 에밀리 브론테는 이러한 서술 전략을 통해 독자들이 당대의 인종주의적 통념에 젖은 두 화자의 태도를 비판하고 인종 간 화해로 나아가는 히스클리프에게 공감하도록 하는 구조를 이 작품에서 성공적으로 달성하고 있다.

제4장

다락방의 미친 여인은 누구?:
샬럿 브론테의 『제인 에어』

샬럿 브론테(Charlotte Brontë)가 쓴 『제인 에어』(*Jane Eyre*)는 가난하고 못난 고아 출신의 가정교사가 사랑과 결혼에 성공한 신데렐라 이야기로서 1847년 발표되자마자 베스트 셀러가 될 정도로 당대에 큰 인기를 누린 소설이었다. 이러한 인기를 몰고 오게 한 독자들의 관심은 주로 제인과 로체스터의 사랑 이야기에 있다고 할 수 있다. 1996년과 2011년 영화를 비롯하여 지금까지 이 소설을 각색한 수많은 영화 또한 두 사람의 로맨스를 중심으로 관객의 흥미를 자극해 왔다.

한편, 페미니스트 문학 비평가들은 『제인 에어』를 여성 성장 소설을 대표하는 작품이라고 높이 평가해 왔다. 19세기 영국 여성에게 요구되는 이상적 여성상은 남편을 잘 내조하고, 제국 경영에 기여할 아이를 잘 양육하는 유순하고, 복종적이며, 성을 절제하는 '집안의 천사'였다. 그런데 이 작품의 여주인공 제인은 이러한 '집안의 천사'를 이상적 여성상으로 규정하는 남성중심적 가부장제 사회에서 남성과 동등하지 않은 여성의 위상에 의문을 제기하고, 여성의 자유와 독립을 열정적으로 추구하는 주체적 여성의 모습을 보여주기 때문이다.

제인은 19세기 영국 소설의 여주인공 중에서 왜 여성이 결혼하면 자신의 결혼 전 성을 버리고 남편의 성을 따라 로체스터 부인(Mrs. Rochester)이 되어야 하는지 호칭과 관련한 문제의식으로 자아의 정체성에 대해 진지하게 고민하는 최초의 여주인공이다. 또한 그녀는 고아이며 가정교사라는 낮은 신분임에도 젠트리 계층이며 가부장적인 로체스터에게 적극적으로 저항할 뿐만 아니라 남성과 동등한 경제적 독립을 추구하고, 여성을 집안에만 가두는 사회에서 지평선 너머의 넓은 세계로 나가기를 꿈꾼다. 무엇보다도 제인은 여성의 성적 억압을 요구하는 시대에 19세기 영국 소설에서 보기 드문 여성의 남성에 대한 성적 욕망을 솔직하게 표현하는 욕망의 주체이다. 그녀는 로체스터를 떠난 뒤 무어하우스에서도 밤마다 그에 대한 꿈을 꾸며 "그의 팔에 안겨서 그의 목소리를 듣고, 그의 눈을 마주 보고, 그의 손과 뺨을 어루만지면서 그를 사랑하고 그의 사랑을 받는 감각"을 느낀다. 지금까지 여성은 남성의 응시의 대상이었지만 제인은 남성인 로체스터를 응시의 대상으로 삼아 그를 바라보는 데서 "격렬한 즐거움"을 느끼는 최초의 여주인공이라는 평가도 있다. 이처럼 제인은 당대의 계급적, 성적 억압에 저항하는 측면이 있다.

그러나 19세기 초반의 영국 상황을 배경으로 하는 『제인 에어』를 인종과 제국주의의 관점에서 읽으면 어떨까? 이 소설은 서술자인 영국 여성 제인이 30세 가량의 성숙한 여성의 시점에서 과거를 회상하는 방식으로 서술된다. 제인은 10세 때 외숙모인 리드부인에 의해 붉은 방에 갇히는 사건에서부터 시작하여 로체스터와 결혼하기까지의 이야기를 서술한다. 이러한 서술 방식으로 인해 독자는 제인의 목소리만 듣고 그녀와 공감하기 때문에 소설 속에 은폐되어 있는 다른 여성의 모습을 놓치기 쉽다.

로체스터의 저택인 쏜필드의 삼층 다락방에는 미쳤다는 이유로 십 년 이상 갇혀 있는 한 여성이 있다. 그녀는 소설 속에서 인간의 목소리를 한 마디도 내지 못하고 유령처럼 존재한다. 그녀는 제인과 로체스터의 서술에 의해서만 존재하기 때문에 독자들은 그녀의 생각을 도대체 알 수가 없다. 그녀는 누구일까?

그녀를 파악하기 위해서는 로체스터에 대한 설명부터 필요하다. 이 소설에서 37세가량의 로체스터가 18세밖에 안 된 제인에게 청혼할 때 그는 미혼인 총각이었을까? 그렇지 않다. 19세기 영국에서 장남에게만 재산을 물려주는 장자상속법에 따라 차남인 로체스터는 젠트리 계층인 아버지의 재산을 한 푼도 물려받을 수 없으므로 서인도제도의 자메이카에 거주하는 영국 농장주의 부유한 상속녀로부터 당시로서는 엄청난 액수인 3만 파운드의 지참금을 받고 결혼을 한다. 당시 서인도제도의 자메이카는 영국의 식민지로서 영국인들이 흑인 노예를 착취하여 부를 축적함으로써 영국의 국가 경제에 이바지를 한 곳이다. 당시는 영국에 기혼여성 재산법이 시행(1870년)되기 이전이기 때문에 결혼 후 아내의 재산은 모두 남편인 로체스터에게 귀속되어 그는 부자가 되고, 아내는 자신의 지참금에 대해서 아무런 경제적인 권한을 주장할 수 없는 상태가 된다. 이 로체스터의 첫 번째 아내가 바로 영국인 아버지와 자메이카에 사는 백인들의 후손인 크리올인 어머니 사이에 태어난 버싸 메이슨(Bertha Mason)이다.

로체스터는 결혼 후 4년간 버싸의 재산 덕분에 자메이카에서 돈 걱정 없이 풍족한 상태에서 그곳 남성들이 부러워하는 여성을 아내로 삼아 열정적으로 삶을 즐긴다. "나는 그녀에게 현혹되었고, 자극을 받았고, 감각적으로 흥분했소"라고 인정하듯이 그도 그녀를 사랑했다. 그런데 4년 후 정신을 차려보니 갑자기 본토 영국인이 아닌 식민지의 크리올 여성인 아내가 수치스럽다. 당시 영국인들은 크리올이 유럽인의 피를 물려받기는 했어도 흑인들의 피가 혼합된 혼혈인일 가능성이 있다고 보았다. 그 결과 영국인들의 순수한 피가 오염될 수도 있다는 불안으로 크리올인은 타인종으로 규정되어 인종차별주의의 희생자가 되었다. 로체스터는 버싸를 광기와 알코올 중독과 색정증이 있는 여성으로 몰아가고 이러한 병적 현상은 모두 영국인 아버지가 아니라 혼혈의 가능성이 있는 크리올인 어머니로부터 온 것으로 서술한다. 그는 버싸의 남동생도 말도 못 하는 백치라고 주장하며 삼대에 걸쳐 정신병과 백치가 유전적으로 내려오는 수치스러운 집안임을 강조한다.

이러한 이유로 로체스터는 당시 자메이카에서 미인이라 평가되던 신체적으로 키도 크고, 덩치도 크고, 피부가 검은 아내가 이제 혐오스럽다. 또한 본토 영국인처럼 문명인이 아닌 그녀는 미친 여인이며, 술주정뱅이이며, 천박하고 저속하고, 성적인 면에서도 문란한 야만적인 여성으로 보일 뿐이다. 버싸에 대한 혐오로 인해 자메이카도 이젠 그에게 지옥이 된다. 이때 유럽에서 불어오는 달콤한 바람은 속삭인다. 다시 유럽으로 돌아가라고. 그는 고민 끝에 영국으로 버싸를 데려와 아버지와 형의 사망으로 이제는 자신의 재산이 된 쏜필드의 다락방에 그녀를 가두고 전속 하녀를 두어 감시와 관리를 맡긴다.

로체스터는 이렇게 버싸를 가둔 후 약 10년간 유럽의 곳곳을 돌아다니며 그녀와는 반대되는 이상적인 신부를 찾는다는 명분으로 독일, 이탈리아 등 여러 나라 여성들을 분방하게 사귀며, 정부로 삼아 보기도 하지만 만족하지 못한다. 이때 자유와 변화를 찾아 쏜필드에 가정교사로 온 제인은 로체스터의 눈에 식민지의 크리올 여성 버싸의 큰 키, 큰 덩치, 검은 피부와 차별되는 작고 호리호리한 몸매에 흰 피부를 가져 당대 영국 남성에게 이상형으로 보이는 영국 여성의 신체를 가지고 있다. 그에게 영국 여성 제인의 "맑은 눈"은 크리올 여성 버싸의 "충혈된 눈"과 비교할 때 인간과 동물의 차이로 차별된다. 더욱이, 제인은 영국인들이 영국성의 가치로 신봉하는 건전함과 정직, 지성, 그리고 성적 순결함까지 갖추고 있다. 무엇보다도 제인은 일가친척 하나 없는 가난한 가정교사이기 때문에 로체스터의 어두운 과거를 따지고 들 수 있는 사람이 없다. 게다가 그녀는 18세밖에 안 되어 세상 물정도 모른다. 이렇게 하여 로체스터는 버싸의 존재가 드러날 때마다 여러 번 거짓말로 제인을 속이고 그녀에게 청혼하여 이중 결혼을 하려고 한다. 19세기 초반 당시 이혼이 어려운 결혼법 때문에 불가피하게 이중 결혼을 할 수밖에 없는 로체스터를 동정할 수도 있다. 그러나 문제는 그가 살아있는 첫 아내에 대한 진실을 제인에게 은폐하고 청혼함으로써 서로 간의 신뢰를 무시했다는 점이다. 제인은 그의 가부장적 억압을 직접 체험했으면서도 사랑에 빠져 "신의 모습을 볼 수 없을 정도로" 그를 "우상"처럼 받드는 모순적인 상태로 청혼을 받아들인다.

그러나 이러한 시도는 결혼식 당일 하객으로서 참여한 버싸의 오빠 리차드 메이슨과 변호인 브리그스씨에 의해 이의가 제기되면서 결혼식은 결국 중단된다. 이들은 로체스터가 이미 결혼한 아내가 있음을 밝히고, 로체스터는 진실이 들통나자 적반하장으로 노발대발한다. 그는 왜 이중 결혼이 불가피한지를 변호하기 위해 제인의 손목을 낚아채고 쏜필드의 다락방으로 강제로 끌고 가서 버싸가 얼마나 동물적이고 야만적인지를 직접 보게 한다. 제인이 버싸의 신체와 태도 등을 상세하게 목격하는 순간이다.

그렇다면 이 크리올 여성 버싸를 목격하는 제인은 그녀를 어떻게 서술할까? 여성이기 때문에 버싸에게 공감하여 로체스터의 시각과는 다른 관점을 보여줄까? 아니면 로체스터의 인종차별적 관점과 결국 같을까? 로우드 학교에서 8년간 보낸 직후 가정교사를 하기 위해 쏜필드로 온 제인은 그때까지 영국 이외의 지역에 사는 타인종을 만나본 적이 없다. 제인이 첫 번째로 버싸의 구체적인 외모를 관찰하는 순간은 결혼식 하루 전날 밤 그녀가 제인의 방에 들어왔을 때이다. 제인이 버싸를 목격한 후 로체스터와 대화하는 장면을 보자.

"소름이 끼치도록 무시무시한, 아, 전 여태껏 그런 얼굴을 본 적이 없어요. 변색된 무서운 얼굴이었어요. 그 쉴 새 없이 굴리고 있는 빨갛게 핏발 선 눈과 그 무시무시하게도 시커멓게 부어오른 이목구비를 제발 잊을 수만 있다면 얼마나 좋을까!"

"유령이란 얼굴이 창백한 법이요, 제인."

"하지만 그것은 자주색이었는걸요. 입술은 부어올라 시커멓고 이마는 주름살투성이였어요. 시커먼 눈썹은 충혈된 눈 위로 뻗쳐 있었어요. 그걸 본 제가 무엇을 생각했는지 말씀드려요?"

"말해 봐요."

"독일의 괴담에 나오는 무서운 요괴, 흡혈귀를 생각했어요."

이 장면은 머리말에서 살펴본 것처럼 영국 제국주의자들이 식민지에 대한 정복과 지배를 정당화하기 위해 식민지인들을 인간이 아닌 동물, 괴물, 식인종, 흡혈귀 등 열등한 인종으로 묘사한 전형을 버싸와 같은 크리올인에게도 적용한 예를 보여준다. 제인은 태어나서 처음 보는 크리올 여성인 버싸의 피부색에 대해 "자주색" 얼굴로 묘사한다. 이것은 자메이카의 뜨거운 태양 아래 지속적으로 노출되어 피부가 검게 탔기 때문이다. 그러나 제인은 영국인의 흰 피부색을 기준으로 하여 이러한 피부색을 "변색된 (discolored)" 것으로 규정한다. 영어의 discolored에는 일차적으로 빛바랜이라는 뜻이 있으므로 이 낱말을 들은 로체스터는 이 인물이 버싸라는 사실을 숨기기 위해 재빨리 "유령이란 얼굴이 창백하다"고 응수하면서 제인이 환상 속에 유령을 잘못 본 것으로 얼렁뚱땅 상황을 모면하려 한다. 그러나 제인은 버싸의 "충혈된 눈, 퉁퉁 부은 검은 입술, 머리와 얼굴을 가리는 말갈기 같은 머리털" 등을 구체적으로 묘사하면서 버싸를 본 사실을 분명히 한다. 이 장면에서 버싸에 대한 제인의 묘사가 시사하는 바는 버싸의 외모가 영국인의 아름다움과 추함의 기준에서 영국인과는 차별되는 흑인에 가까운 추한 얼굴, 혹은 사람이 아닌 흡혈귀로 인종차별적인 관점에서 서술된다는 것이다.

제인은 결혼식이 파기된 직후 대면한 버싸의 몸과 얼굴도 마찬가지로 인간이 아닌 존재로 묘사한다.

방의 저 안쪽 끝 깜깜한 곳에서 무엇인가 뛰어나왔다 들어갔다 하고 있었다. 그게 무언지, 사람인지 짐승인지 처음 보아서는 알 수가 없었다. 그것은 네발로 기고 있는 모양이었다. 무슨 괴상한 야수처럼 그것은 할퀴기도 하고 으르렁거리기도 했지만 옷은 입고 있었고 흰 털이 섞인 검은 머

리털이 말갈기같이 거칠게 머리와 얼굴을 가리고 있었다···
옷을 걸친 하이에나는 일어나서 뒷발만으로 성큼 일어
섰다.

"네발로 기고 있는," "괴상한 야수처럼 할퀴고 으르렁거리는,"
"흰 털이 섞인 검은 머리털이 말갈기같이 거칠게 머리와 얼굴을
가리고 있는," "옷을 걸친 하이에나는 뒷발만으로 성큼 일어섰
다"라고 묘사되는 데서 볼 수 있듯이 제인은 이 장면에서도 버싸
를 인간이 아닌 하이에나와 같은 동물이나 괴물의 특성으로 재차
묘사함으로써 문명인인 영국인과 다른 타인종의 야만성을 부각
시킨다.

제인과 로체스터가 영국인을 문명인으로, 타인종을 야만인으
로 보는 인종차별적 시각은 크리올인 버싸 뿐만 아니라 인도나
터키 등 동양을 대하는 당대 영국인들의 태도에서 드러나는 일반
적인 가치관이다. 로우드 자선학교를 운영하는 브로클허스트 목
사에게서도 그 예를 볼 수 있다. 고아인 제인은 10세 때 폭력적인
가장인 외사촌 오빠 존 리드에게 반항한 죄로 외숙모인 리드 부
인에게 "격렬한" 아이로 낙인찍혀 강제로 로우드로 보내진다. 브
로클허스트는 기독교 정신을 내세워 여학생들의 영혼을 고양시
킨다는 명분으로 육체를 "사악한" 것으로 규정하여 음식과 치장
을 과도하게 억압한다. 그러나 자신의 아내와 딸들에게는 육체를
과도하게 치장하도록 허용하는 위선적인 인물이다. 제인은 이 교

장으로부터 모멸감을 느끼게 하는 벌을 받는데 그 이유는 리드 부인의 말에 근거하여 그녀가 거짓말을 한다는 것이었고, 브로클허스트는 기독교 국가에서 거짓말하는 것은 "인도 힌두교의 브라마신에게 절하는 이교도들보다 더 나쁘다"라고 그녀를 호되게 질책한다. 이 말에서 볼 수 있듯이 당대 영국인들은 기독교도/이교도, 문명인/야만인, 선/악이라는 이분법을 통해 기독교도는 문명인이며 선으로, 인도의 힌두교도는 야만인이며 악으로 규정한다.

이러한 억압적인 브로클허스트에 대해서 제인은 처음에는 반항하나 영국 교육을 통해 점차 영국 여성으로 순응해간다. 로우드 자선학교에서 만난 절친한 친구인 헬렌 번즈와 교사인 미스 템플은 이러한 제인의 순응에 기여한다. 헬렌은 동료 학생들과 비교할 때 높은 지성을 소유하여 제인의 존경의 대상이 되는 학생이다. 그러나 헬렌은 스캐처드라는 교사가 자신에게 폭력을 가할 때 부당한 처벌에 대해서는 저항해야 한다는 제인과는 다른 태도를 보인다. 제인은 붉은 방에 갇힌 기억을 트라우마로 갖고 있기 때문에 부당한 처벌에 대해서는 격렬하게 분노한다. 헬렌은 제인에게 "이교도와 야만인은 반항하나 기독교도와 문명인은 참고 견딘다"라는 신념으로 부당한 행위에도 무조건 침묵하고 순응하는 것이 문명인인 영국인의 바람직한 태도라고 가르친다. 그녀에게는 썩어서 곧 사라질 육체보다는 영혼이 중요하기 때문에 고통에 대해서 인내해야된다는 논리이다. 그 결과 헬렌은 반항적인 제인을 "너무 충동적이고, 너무 격렬하다"고 지적하고 제인은 헬렌의 말대로 그 반항성을 통제하게 된다.

　이상적인 영국 여성으로 지성과 우아한 태도를 가져 제인의 존경을 받는 교사인 미스 템플 역시 제인의 교육에 중요한 역할을 하지만 위선적인 브로클허스트의 부당한 행위에 적극적으로 저항하지는 않고 침묵한다. 제인은 그녀에게서 반항적 언어를 통제하여 순화시키는 법을 배운다. 이러한 헬렌과 미스 템플의 복종과 침묵이라는 이데올로기에 의해 반항적인 제인의 이교도적 야만성은 점차 문명인으로 체계적으로 길들여진다.

　복종과 침묵은 당대 '집안의 천사'에게 요구하는 여성의 미덕으로서 리드 부인이 제인을 길들일 때의 복종과 침묵의 이데올로기와 일맥상통한다. 제인은 존에게 반항함으로써 리드부인에 의해 붉은 방에 갇히고, 그 이후 "완전한 복종과 침묵"을 조건으로 풀어주겠다는 선언을 들은 바 있다. 제인이 버싸를 인간이 아닌 동물로 묘사하듯이 리드 부인은 제인을 "미친 고양이"와 같은 동물에 비유하면서 그녀의 야만성을 당대 영국 여성에게 요구되는 "완전한 복종과 침묵"이라는 이데올로기로 제압하려 한다. 이처럼 리드부인이나 헬렌, 미스 템플의 태도는 야만적인 영국 여성 길들이기라는 점에서는 동일하다.

　고아인 중하층 계급 출신 제인은 이처럼 로우드 학교에서의 순응 교육을 거쳐 영국 주류 사회의 인정을 받을 수 있는 이상적인 영국 여성으로 성장한다. 브로클허스트의 폭력적인 태도와 비교할 때 헬렌과 미스 템플의 고상한 태도는 언뜻 서로 다른 것처럼 보이지만 타인종을 야만인으로 규정하고 기독교도인 문명인 영국인의 우월성을 세뇌시키는 점에서는 같다. 로우드 학교에서 순응을 훈련받은 후인 성숙한 제인의 서술에는 어린 시절 외숙모 집에서 "부조화"의 존재로 반항적인 기질을 가졌던 자신을 후회하고 반성하는 어조가 깃들어 있다.

인도와 터키 여성들은 이처럼 우월한 영국 여성 제인이 여성을 억압하는 미개한 동양으로부터 구원해야 할 대상으로 간주된다. 제인은 로체스터가 부르는 사랑의 노래에 반발하는데 그 이유는 여성이 남성과 "삶도, 죽음도 함께"를 약속하는 이교도적인 노래 가사 때문이다. 이 노래는 제인에게 인도 여성들이 남편이 죽을 때 산 채로 같이 화장되는 순사(순장)라는 풍습을 떠올리게 한다. 남성에게 무조건적 희생과 복종을 요구하는 이러한 야만적인 풍습으로부터 인도 여성들을 구해야 한다는 제인의 사고는 동양에 대한 영국의 도덕적 우월주의에 바탕을 두고 있다.

터키의 술탄(회교도 군주)과 노예 첩에 관한 에피소드도 마찬가지이다. 남성의 억압을 얘기할 때 로체스터는 타인종 남성인 동양의 술탄과 연결된다. 로체스터는 술탄 같은 권위적인 태도로 제인에게 "이 한 명의 작은 영국 소녀"와 "막강한 터키인의 노예 첩 전부"를 바꾸지 않겠다고 하면서 영국 여성이 미개한 동양 여성에 비해 우월함을 강조한다. 그는 터키의 시장에서 거래할 노예 첩을 언급할 때도 노예 상인이 노예를 살 때처럼 "그렇게 많은 살"과 "검은 눈들"이라는 신체의 부분으로 언급한다. 그러나 제인은 자신을 미개한 터키 노예 첩에 비교한 점 때문에 로체스터에게 반발하고 자신은 터키 남성에 의해 억압받는 타인종 여성들에게 자유를 설파함으로써 반란을 주도하는 선교사가 되겠다고 선언한다. 이처럼 미개한 터키 여성 역시 도덕적으로 우월한 영국 여성 제인이 구원해야 할 대상으로 간주된다.

제인은 평소 로체스터의 남성중심적인 사고에 대해서는 분명하게 비판한다. 여성이 남성의 소유물이 아니라 동등한 인격이라는 것을 강조할 때 그녀는 "나는 독립적인 의지를 가진 자유로운 인간이다" 혹은 "내가 가난하고 미천하다고 혼도 감정도 없는 자동인형이나 기계가 아니다"라고 천명한다. 또한 당대 남성들이 여성을 있는 그대로가 아닌 "천사"나 "요정"으로 이상화하듯 로체스터가 그녀를 이상화하는 것도 거부한다. 그녀는 로체스터가 화려한 옷과 보석으로 자신의 죄책감을 보상하려고 할 때 자신의 힘으로 번 돈으로 산 것이 아니기 때문에 경제적 독립에 어긋나는 노예 취급을 한다는 이유로 그것도 강하게 거부한다. 로체스터가 이러한 선물을 사줄 때 노예 첩에게 보석을 사주는 술탄 같은 미소를 보았기 때문이다. 앞에서 설명했듯이 로체스터가 제인에게 자신이 터키 시장에서 노예 첩들을 흥정하고 있을 때 무엇을 하겠느냐는 질문에 그녀는 억압받는 노예 첩들에게 자유를 설파함으로써 반란을 주도하는 선교사가 되겠다는 강력한 의지를 표명하기도 한다.

그러나 제인은 크리올 여성 버싸를 열등하고 추한 존재로 규정하면서 상대적으로 영국인의 우월성을 드러내는 영국인 우월주의에 대해서는 로체스터와 공감한다. 같은 영국인이라는 점에서다. 이 작품에서 이러한 영국인 우월주의는 곳곳에서 엿볼 수 있다. 이것은 19세기 초반 프랑스와의 나폴레옹 전쟁에서 승리하여 유럽의 강자로 군림하는 영국의 오만을 반영한다. 로체스터와 제인은 공통적으로 영국이 유럽의 여러 국가들보다 우월하다고 생각한다. 로체스터는 아내를 다락방에 가두어 둔 채 유럽을 돌아다니며 프랑스, 이탈리아, 독일 등 여러 나라의 여성들을 정부로 삼는 분방한 생활을 한다. 그런데 그가 만난 프랑스 여성 셀린느 바랭스는 천박하고, 이탈리아 여성 지아친타도 버릇이 없고 사나우며, 독일 여성 클라라는 정직하고 조용하나 굼뜨고 둔하여 지성이 부족한 인물로 묘사된다. 그는 그 중에 특히 프랑스 여성에 비교해 영국 여성이 우월하다고 생각함으로써 당대 영국인의 프랑스에 대한 적대적 감정을 드러낸다. 로체스터의 눈에 프랑스 무희인 셀린느는 지성도 없고, 성적으로 문란한 여성으로 천박하기 짝이 없다. 제인은 가정교사로서 자신이 가르친 프랑스 소녀 아델이 어머니인 셀린느의 천박성을 물려받았지만 "파리의 수렁과 진흙탕에서 건져내 영국의 시골 정원의 건강한 흙에서 깨끗하게 자라났다"라거나 혹은 "건전한 영국교육은 프랑스인의 결점을 많이 교정해주어 얌전하고 양순하고 상냥하고, 절조있는 아가씨가 되었다"라고 서술한다. 이것은 로체스터와 마찬가지로 제인 역시 영국 교육의 우수성을 설파하고 있고, 동시에 파리의 수렁과 진흙

탕과 영국의 시골 정원을 대비시킴으로써 프랑스인의 도덕적 천박성과 영국인의 건강성을 강조하며 영국인 우월주의를 드러내고 있다는 사실을 알 수 있다.

버싸의 성적 방종은 비난하면서도 아내가 있는 로체스터가 유럽을 돌아다니며 여러 명의 여성들을 정부로 삼은 행위는 일부다처제를 용인하는 것으로서 남성에 대한 성적 이중 기준이다. 그러나 로체스터는 제인에게 이 점에 대해 자신은 원래 선한 인물인데 과거의 실수는 "운명과 환경" 때문이라고 변명한다. 이때의 "운명과 환경"은 식민지에서 버싸라는 인종적 타자와 접촉한 것을 말하며, 그의 실수는 이러한 인종적 타자에 의해 악이 전염되어 순수한 영국성이 오염되었다는 의미이다. 이러한 변명에 대해 제인은 그는 "원래 선한 성격과 고상한 신념과 깨끗한 취미를 가진 분"이라고 하면서 잘못은 순수한 영국인을 오염시킨 타인종 탓이라는 그의 견해에 동조한다. 이처럼 제인 역시 당대 영국 남성의 유럽 여성에 대한 오만한 태도와 성적 이중 기준을 영국 우월주의 시각에서 당연하게 여기는 것이다,

이러한 영국인 우월주의는 로체스터가 제인과 결혼을 결심하기 전 결혼 상대자로 고려한 블랑쉬 잉그램이라는 귀족 여성에 대한 로체스터와 제인의 견해에서도 찾아볼 수 있다. 블랑쉬는 귀족 계급이기 때문에 로체스터와 제인의 비판의 대상이 되기도 하지만 그녀가 검은 피부를 가졌다는 점 때문에 두 사람에 의해 공통적으로 부정적인 인물로 평가된다. 로체스터는 버싸의 외모를

"크고, 검고, 당당한 블랑쉬 잉그램 스타일"의 여자라고 묘사함으로써 그녀와 버싸를 연결시킨다. 그는 블랑쉬를 "카르타고의 귀부인"이라고 하면서 당대 영국인들의 일반적인 인종적 편견대로 북아프리카인과 연결시키고, 제인 또한 그녀를 "스페인인처럼 검다"라고 하면서 검은 피부의 스페인인과 연결시킨다. 이처럼 아프리카는 물론 같은 유럽인이라도 스페인인은 피부색을 이유로 제인과 로체스터에 의해 영국인보다 더 열등하게 묘사되며 그들의 우월성을 확보한다.

제인은 세인트 존이 시골 교사를 권유할 때 "마르세이유에 있는 바보의 천국에서 노예가 되는 것"보다는 "영국의 건강한 심장부에 있는 미풍 부는 산자락에서 자유롭고 정직한 시골 여선생이 되는 것"을 선택하는데 이것은 노골적으로 프랑스를 바보의 천국으로 격하시키고 영국을 건강성, 자유, 정직성의 표상으로 삼는 영국 우월주의를 드러낸다. 또한 그녀가 자신이 가르치는 영국 시골 농부의 아이들이 프랑스나 독일의 아이들과 비교하여 가장 잘 교육받았고, 가장 예절 바르며, 가장 우수하다고 서술하는 점 또한 마찬가지이다.

제인의 시각으로는 영국 남성 로체스터 또한 식민지 자메이카에서 온 버싸의 오빠 리차드와 비교해 볼 때 우월하다. 당시 영국 제국주의가 요구하는 남성상은 강인하고, 책임감 있고, 판단력과 자기 절제가 뛰어난 남성이다. 여성적이고, 유약하거나 지성이 부족한 남성은 비영국적 남성으로 평가된다. "맹렬한 독수리"에 비유되는 강인하고 정력적인 영국 본토 출신 남성 로체스터는 여성적인 "유순한 양"에 비유되어 단호함이나 지배력은 물론 지성이 부족한 "멍한" 모습으로 묘사되는 식민지 출신 리차드와 차별된다.

그런데 정말 버싸는 이성을 상실한 미친 여인일까? 소설 속 한 장면을 예로 살펴보자. 결혼식 전날 밤 제인은 잠결에 그녀의 방에 정체를 알 수 없는 여인이 들어온 것을 느낀다. 그 여인은 벽에 걸려있는 제인의 결혼식 면사포를 끌어 내려 두 쪽으로 쫙 찢어버리더니 제인에게는 일체 손도 대지 않고 사라진다. 한때는 로체스터의 침실에 불을 질러 그를 위험에 빠뜨리기도 하고, 자메이카에서 방문한 자신의 오빠 리차드를 공격하여 피를 흘리게 한 버싸가 제인은 왜 털끝만큼도 건드리지 않았을까? 문제는 로체스터에게 있는 것이지, 제인에게는 문제가 없다고 생각한 버싸가 제인의 면사포만 찢음으로써 그녀를 속이고 중혼을 시도하는 로체스터의 진짜 모습을 보라고 경고만 하고 떠난 게 아닐까? 이러한 여인을 이성이 없는 미친 여인으로 몰아세울 수 있을까? 누구든지 십 년 이상을 갇혀 있으면 멀쩡한 사람도 미치지 않을 수 있을까? 그러나 제인은 버싸의 경고를 이해하지 못하고, 여성이 반항하면 버싸처럼 위험하게 된다는 인식으로 그녀를 반면교사로 삼아 자신의 반항성을 통제하고 당대 사회가 요구하는 '집안의 천사'가 된다.

버싸는 소설의 결말에 결국 비참한 죽음을 맞이한다. 영국 여성 제인과 영국 남성 로체스터의 사랑을 성취시키기 위해 이 소설에서 식민지의 크리올 여성 버싸는 제거되어야 하는 것이다. 버싸는 제인이 떠난 직후 불을 질러 쏜필드를 태우고 저택의 옥상에서 바닥으로 떨어져 그 자리에서 즉사한다. 로체스터가 어설픈 동정으로 도움을 주려고 손을 뻗으나 그녀는 단호하게 거부한다. 그녀는 산다고 해도 더 이상 존엄한 인간으로 살아갈 수 없기 때문에 삶을 더 이상 지속할 이유가 없는 것이다.

독자들은 이러한 버싸의 죽음에 대한 제인의 반응이 궁금할 것이다. 제인은 앞에서도 살펴보았듯이 억압받는 동양의 터키 노예 첩들을 위해 반란을 주도하는 선교사가 되겠다고 당차게 선언한 여성이다. 그러나 제인은 로체스터로부터 버싸에 관한 이야기를 다 들은 후 "그 불운한 부인에 대해 증오를 가지고 말하다니 가혹하군요. 잔인해요. 그러한 상황에서 어떻게 미치지 않을 수 있겠어요?"라고 소설 전체를 통해 단 한 곳에서만 유일하게 버싸를 동정한다. 쏜필드의 화재 발생과 버싸의 충격적인 자살에 대한 여관 주인의 길고 자세한 설명을 접하고도 제인은 "세상에!"라는 한 마디 말로 잠깐 안타까워하고 화재로 인해 로체스터가 입은 부상에 대한 걱정으로 화제를 빨리 옮긴다. 결혼 후에도 세인트 존, 다이애나, 메리 등 모든 사촌에 대한 소식을 상세하게 다 열거하고, 심지어 아델의 근황까지 언급하지만 버싸에 대해서는 일말의 동정도, 회상도 하지 않는다.

로체스터를 위해서도 이 소설에서 버싸는 제거되어야 하는 것이다. 로체스터는 버싸가 일으킨 화재로 그녀를 구하려다가 한쪽 눈을 잃고, 한쪽 손을 절단하는 불구가 되는 것으로 묘사된다. 자메이카가 영국의 식민지로서 흑인 노예를 착취하여 영국인들이 부를 축적한 곳인 만큼 이렇게 하여 작가는 로체스터가 식민지에 대한 제국주의적 죄의식을 청산하고, 버싸에 대한 속죄를 완결하여 제인과의 결혼이 가능하도록 만든다. 또한 작가는 로체스터와 버싸가 자메이카에서 4년간이나 열정적인 신혼 생활을 보냈어도 그들 사이에는 자식이 없도록 설정해 놓았다. 이 점은 제인과 로체스터의 행복한 결혼을 위해서 마련된 장치이기도 하지만 로체스터가 염려한 대로 혹시 혼혈이 태어나 영국인의 순수한 피를 오염시키면 안 되기 때문이다.

"독자여, 나는 그와 결혼했다"로 시작하는 마지막 장은 고아의 상태에서 드디어 합법적 가족을 구성하게 된 제인의 경제적 평등에 대한 이상이 실현된 것처럼 보인다. 제인은 서아프리카의 마데이라에서 포도주 사업으로 부를 획득한 삼촌 존 에어로부터 우연히 2만 파운드의 유산을 상속받는 행운을 얻고, 같이 살던 사촌들 3명과 각각 5천 파운드씩 나눠 갖는다. 이렇게 함으로써 작가는 젠트리인 로체스터의 신분과 비교하여 고아이며 가정교사의 신분으로 가난한 제인의 경제적 불평등을 해결하고 그녀를 로체스터와 동등하도록 만든다.

그러나 제인과 로체스터의 결혼으로 끝나는 이 소설의 결론은 여러 문제점을 안고 있다. 첫째, 제인이 스스로의 힘으로 벌어들인 돈이 아닌 삼촌으로부터 받은 유산 상속이라는 갑작스러운 행운의 결과로 진정한 경제적 평등을 이루었다고 볼 수 있는가? 더구나 그 재산도 삼촌이 당시 영국의 식민지였던 서아프리카의 마데이라에서 노예들의 노동을 착취하여 확보한 재산이라면? 『제인에어』에서 로체스터와 제인의 재산 획득 과정에서 보듯이 19세기 초반 영국의 부의 근원은 대부분 식민지로부터 온 것이다. 로체스터가 확보한 재산이 식민지 출신의 버싸의 것이라는 사실에 대해서 침묵하는 제인을 생각해 본다면 자신에게 유산을 상속한 삼촌의 재산의 출처가 식민지라는 점에 대해 그녀가 심각하게 고민해 본다고 기대하기는 어렵다.

둘째, 지평선 너머 넓은 세계를 꿈꾸고, 억압받던 동양 여성들에게 반란을 주도하겠다고 말할 정도로 사회 변혁을 추구하던 제인은 자신이 살던 사회를 조금이라도 변화시켰는가? 동시에 손과 눈을 잃어 상징적으로 거세가 된 로체스터는 가부장적 힘이 빠졌는가? 로체스터가 아무리 불구가 되었다 해도 그의 눈은 곧 치료 후 낫게 되고 아이를 생산하는 데는 문제가 없게 처리된다. 로체스터의 가부장적 힘은 그대로 유지되어 제인은 결국 그의 아들을 낳음으로써 로체스터라는 젠트리 가문의 이름은 아무 문제 없이 아들에게 계승되고, 그녀는 제국에 기여할 아들을 잘 양육하는 어머니가 된다. 그녀는 또한 로체스터 부인이라는 가문의 호칭을 부여받고, 내조를 잘 하는 아내가 된다. 결혼으로 인해 이름이 바뀌는 정체성의 변화에 대해 그렇게 거부감을 느꼈던 제인이, 그리고 자신을 자유로운 존재가 아닌 소유물로 취급하던 로체스터에게 그렇게 저항하던 제인이 말이다.

인도의 계급제도에 대해서 비판하는 제인은 영국의 계급제도는 비판하지 않는다. 고아이며 가정교사로서 중하층 계급이었던 제인은 결혼으로 인해 상류층 젠트리 계급으로 신분 상승을 함으로써 오히려 영국의 계급제도를 영속화하는데 기여한다. 리드부인, 브로클허스트, 잉그램 남작부인과 그녀의 딸 블랑쉬 같은 상류층을 위선적이고, 이기적이고, 부도덕하다고 비판했던 제인이! 이렇게 하여 넓은 세계를 향한 자유와 변화를 꿈꾸던 제인은 결국 펀딘이라는 어둡고 비현실적인 공간에서 '집안의 천사'로 남아 주변 사람들과 어떤 사회적 교류도 하지 않은 채 두 사람만의 폐쇄된 삶을 산다. 펀딘은 붉은 방과 다락방에 이은 또 다른 감금의 공간은 아닌가? 겉으로 보이는 두 사람의 행복한 삶 이면에는 버싸의 자살이라는 어두운 그림자가 어른거린다.

버싸와의 관계 이외에 인종과 제국주의에 대한 작가의 시각을 더 구체적으로 살펴볼 수 있는 대목은 이 작품의 후반부에서 목사이며 제인의 사촌 오빠인 세인트 존(St. John)의 인도 선교사업을 통해 살펴볼 수 있다. 제인은 영국 남성 세인트 존의 외모를 "그리스인의 얼굴로서 윤곽이 분명했고, 콧날이 쭉 곧은 고전적인 코에 아테네인 그대로의 입과 턱"뿐 아니라 "크고 푸른 눈, 상아처럼 흰 이마, 금발 머리" 등 "고대의 조각상"을 닮은 인물로 묘사한다. 이것은 인상학이나 골상학 등 19세기 유럽 인종 분류 체계에서 최고의 인종으로 평가되는 그리스형 백인의 얼굴이라는 것을 의미한다. 그러나 동시에 그는 제인이 "대리석," "얼음," "강철" 등의 이미지로 묘사하듯이 당대 영 제국이 요구하는 이성적이고 절제 있는 남성상에 걸맞은 냉혹한 인물이다. 제인은 그의 설교에 대해서도 "냉혹하고, 마음을 달래주는 부드러움은 없었다"라고 서술한다. 그녀는 이러한 냉혹한 세인트 존에게 어울리는 곳으로 "히말라야산맥, 카피르족이 사는 밀림, 또는 기니 해안의 소택지" 등을 열거하는데 이러한 장소는 전 세계의 어느 곳이든 세인트 존 같은 영국인이 제국주의자적 사명을 가지고 개척해야 할 열등하고 미개한 이교도들로 가득한 식민지를 나타낸다.

세인트 존이 선교사업을 떠나는 인도는 영국인의 관점에서 그러한 열등하고 미개한 이교도의 나라 중 하나이다. 그는 인류를 향상시키기 위한 순교자가 되고자 하는 야심, 즉 "무지의 영역에 지식을, 속박 대신에 자유를, 미신 대신에 종교를, 지옥 대신에 천국의 희망"을 전파하겠다는 신념을 갖고 있다. 다시 말하면 그는 무지와 속박과 미신과 지옥으로 대변되는 열등하고 미개한 식민지 인도를 기독교의 이름으로 문명화시킨다는 열렬한 사명으로 가득 차 있다. 인도는 이미 찬란한 문명이 꽃핀 나라인데도 말이다. 또한 영국인들에게 당시 인도는 다이애나가 "캘커타에서 산 채로 불에 타 죽기엔 제인은 너무 예쁘고, 또 착해요"라고 하는 말에서 드러나듯이 영국의 온화한 기후와 비교하여 태양이 너무 뜨거워 곧 죽을지도 모르는, 또 전염병에 쉽게 전염되는 야만인들이나 사는 위험한 지역으로 인식되었다.

냉혹한 제국주의자 세인트 존은 자신이 사랑하는 로저먼드 올리버를 선교사업에 부적합하다고 판단하고 제국주의를 위해 사랑도 포기하는 면모를 보인다. 즉, 사랑을 버리고 제국을 얻는 것이다. 그런데 그는 제인은 다르게 평가한다. 그는 제인을 오랫동안 관찰한 결과 온순하고, 근면하고, 사심 없고, 성실하고, 절조가 굳고, 용기가 있어 자신의 선교 사업에 최적의 인물로 판단한다. 그가 제인에게 "그대는 가정적인 사랑이나 가사의 기쁨보다 더 높은 곳을 지향한다"라고 말할 때 그는 그녀가 당대 남성들과 마찬가지로 가정이라는 사적인 영역을 넘어 더 넓은 공적인 세계로 나아가려는 욕망을 꿰뚫어 보았다고 할 수 있다. 그 결과 그는 제인에게 아내가 되어 달라고 청혼한다. 신의 부름과 같은 그 제안을 거절하는 것은 "이교도만도 못한 인간"이 되는 것이라고 위협하면서 그가 제인에게 사랑 없는 결혼을 제안할 때, 그녀는 그를 사랑하지 않기 때문에 아내로서 인도에 가는 것은 단호히 거부한다. 그는 제인의 남성과 같은 제국주의적 욕망을 인정하는 것처럼 보이지만 여전히 그가 주도하는 선교사업에 보조자로서 영국 여성에 걸맞은 복종과 헌신을 원하는 것이다. 이러한 점을 인식한 제인은 "당신과 결혼하면 날 죽일 거예요. 지금도 죽이고 있어요"라고 그에게 저항한다. 수동적인 여성을 이상적으로 간주하는 19세기 영국에서 사랑에 대한 이러한 제인의 주체적인 결정은 분명히 높이 살 만하다.

그러나 제인은 아내가 아닌 동료로서 함께 인도로 가는 것에 대해서는 적극 찬성한다. 그녀는 "그런 자격이라면 그와 더불어 대서양도 건널 수 있고, 그런 직책이라면 그와 더불어 동양의 태양 아래 아시아의 사막에서도 일할 수 있다"라는 제국주의적 욕망을 분명히 드러낸다. 심지어 세인트 존의 제국주의자적 사명감에 대해 외경심을 느끼기까지 한다. 제인이 이처럼 제국주의의 대의를 지지한다는 점에서 『제인 에어』는 영국의 제국주의 이데올로기를 전파하는 소설로 볼 수 있다.

제인이 이 소설의 가장 마지막을 세인트 존에 대한 이야기로 끝내는 점도 주목을 요한다. 제인은 자신은 비록 '집안의 천사'로 남지만 죽음을 불사하고 인도에서 문명화 사업을 하는 세인트 존을 "인류의 향상을 저해하는 교리와 계급제도의 편견을 넘어뜨리는 일"에 헌신하는 확고한 신념의 소유자로 평가하며 『천로역정』에 나오는 그레이트하트라는 영웅적인 전사에 비유한다. 그녀에게 영국의 기독교가 아닌 인도의 종교는 인류의 향상을 저해하는 교리이며, 영국의 계급제도는 문제가 없으나 인도의 계급제도는 편견에 찬 것이다. 이런 점에서 세인트 존은 제국주의 기획에 참여하고 싶은 제인의 욕망을 대신하는 대리자이다. 제인은 남성 주도의 가부장제에 대해서는 비판하지만, 제국주의에 관한 한 영국의 남성들과 뜻을 같이한다. 『제인 에어』는 서술자 제인이 끝까지 기독교 국가인 영국을 찬양하면서 끝이 난다.

제인은 고아이며 가정교사라는 낮은 신분임에도 젠트리 계층인 로체스터를 비롯한 남성중심적 가부장제 사회에 저항할 뿐만 아니라 여성의 자유와 독립을 열정적으로 추구하고, 성적 욕망을 솔직하게 표현함으로써 당대의 계급적, 성적 억압에 저항하는 주체적 여성의 모습을 보이기도 한다. 그러나 인종과 제국주의의 관점에서 보면 그녀는 영국 남성 로체스터와 마찬가지로 타인종인 크리올인 버싸를 미친 여인, 동물, 괴물, 흡혈귀로 인식하고, 영국 우월주의에 차 있으며, 식민지 인도를 무지하고 미개한 이교도의 나라로 규정하고, 문명인인 영국인이 그러한 인도를 문명화시켜야 한다는 사명을 당연하게 생각한다. 이런 점에서 『제인 에어』는 당대 영국의 제국주의적 욕망에 전적으로 동의하는 소설이라고 할 수 있다.

　『제인 에어』를 읽은 후 크리올 여인 버싸가 당하는 부당한 대우에 대해 분노한 영국 현대 여성 작가가 있다. 바로 진 리스(Jean Rhys)이다. 실제 서인도제도의 도미니카에서 태어나고 생활한 적이 있는 리스는 크리올 상속녀가 버싸처럼 광녀로 낙인찍히는 수많은 사례를 보았다. 그녀는 1966년 『광막한 사르가소 바다』(Wide Sargasso Sea)라는 소설로 『제인 에어』에 대한 다시 쓰기를 시도한다. 리스는 『제인 에어』에서 목소리가 없던 버싸에게 다시 목소리를 부여하고 앙트와네트라는 이름으로 주인공을 만들어 그녀를 살려낸다. 사르가소 바다는 카리브해와 대서양 사이에 있는 바다로서 식민지인 서인도제도와 본토 영국 사이에 존재하는 지리적 거리뿐만 아니라 서로 소통하기 어려운 머나먼, 그래서 너무나 광막한 심리적인 거리를 나타낸다.

제5장

셜록 홈즈는 명탐정?:
아서 코난 도일의 『네 사람의 서명』

아서 코난 도일(Sir Arthur Conan Doyle)은 스코틀랜드에서 태어났으나 영국계 아일랜드 집안 출신으로서 아일랜드인의 정체성에 무심하지 않으면서도 영국과 제국주의의 가치를 옹호하며 애국심을 호소하는 보수적인 작가이다. 그는 보어 전쟁(1899~1902) 참전에 대한 영국내의 커져가는 회의적인 목소리와는 반대로 군의관으로서 국가를 위해 열렬히 싸운 후『위대한 보어 전쟁』(1900)이라는 저서를 출판한다. 그 후 이 전쟁에 대한 국외의 비판이 거세지자 그는『남아프리카 전쟁』을 출판하여 영국의 전쟁 행위를 정당화한다. 그의 애국적 열정은 여기에서 끝나지 않고 1914년 제1차 세계대전이 발발했을 때 긴급히『전투 준비!』라는 애국적 팜플렛을 발간하기까지 한다. 이처럼 애국심이 짙었던 도일은 19세기 말 영국인이 처한 불안을 해소하기 위해 상류 계급 남성 백인 탐정 영웅인 셜록 홈즈(Sherlock Holmes)를 발명한다.

만능 해결사인 셜록 홈즈는 영국의 천재적인 명탐정으로 세계 독자들의 뇌리에 각인되어 있다. 도일의 모든 작품에 묘사된 홈즈의 모습을 종합해보면 "1미터 80센티가 넘는 큰 키"에 "날카로운 눈과 빈틈이 없고 단호한 인상을 주는 매부리코"와 "각이 지고 돌출한 턱"을 갖고 있다. 즉, 강인한 신체, 그리고 이성과 결단력이 부각된다. 그는 또한 목검술, 권투, 펜싱 등 뛰어난 스포츠 실력뿐만 아니라 최신 과학에 대한 해박한 지식을 겸비한 슈퍼맨 명탐정으로 묘사된다.

그러나 인종과 제국주의의 측면에서 살펴볼 때도 여전히 그는 명탐정일까? 도일이 1890년에 발표한 두 번째 장편소설인 『네 사람의 서명』(*The Sign of Four*)을 중심으로 살펴보자. 이 소설의 시간적 배경은 영국 제국주의가 절정에 이른 19세기 후반이다. 이 시기에 아시아, 아프리카, 아메리카 등 식민지의 타인종들이 대거 영국으로 유입되면서 영국인들은 순수한 영국성이 오염되고 위협받는다는 불안에 직면한다. 특히 식민지에서 유입된 아편이나 대마, 그리고 살모사와 같은 유독한 식물과 동물은 영국인들에게 질병의 원천이 될 뿐만 아니라 범죄의 도구로 사용될 수 있다는 공포가 확산되고 있었다.

또한 19세기 중반인 1857년~59년에 발생한 인도 항쟁(세포이 항쟁)은 영국인들이 충격과 공포로 '인도 반란'(세포이 반란)이라고 불렀듯이, 오히려 역으로 영국이 인도의 식민지가 되지 않을까 하는 불안, 즉 역식민화를 당하지 않을까 하는 엄청난 불안으로 작용한다. 세포이는 당시 인도를 지배하고 있던 영국 동인도회사의 인도인 용병들이다. 이들은 대부분 힌두교도와 이슬람교도로서 그들이 신성시하는 소와 돼지의 기름을 칠한 소총 탄약포를 사용하라는 명령과 영국의 공격적인 기독교 선교활동에 불만을 품고

대대적인 불복종과 저항운동을 전개한다. 명령을 거부하는 세포이들에게 족쇄를 채우는 벌이 내려지자 여기에 분노한 세포이들이 영국군 장교를 살해하면서 시작된 인도 항쟁은 반란자들을 대포로 집단 처형시킨 영국의 잔인한 무력 진압으로 실패로 끝나고 만다. 영국은 이 항쟁에 대한 보복으로 무굴제국을 멸망시키고 그 후 인도를 직접 통치하게 된다.

이러한 인도 항쟁은 빅토리아 시대 영국인들의 상상력을 강하게 자극했으며, 이 시기의 대부분의 문학 작품에서 이 항쟁에 참여하는 인도인들은 비이성적인 악마이며 반역자로 묘사된다. 특히 이 작품들에서는 인도인의 영국 여성에 대한 잔인한 살해를 부각시킴으로써 인도인의 야만성을 강조한다. 도일의 『네 사람의 서명』에서도 마찬가지다. 이 작품에서도 인도 항쟁을 일으킨 인도인은 영국인들에게 살인과 방화와 반인륜적인 행위를 자행하는 "20만 명의 시커먼 악마들"로 서술된다. 이러한 문학 작품을 읽는 당대 독자들은 인도인의 잔인성과 야만성을 사실로 받아들이며 역식민화에 대한 불안과 공포에 직면하게 된다.

셜록 홈즈는 바로 19세기 중반 이후 이러한 영국인들의 불안과 공포를 달래기 위해 도일에 의해 발명된 백인 탐정 영웅인 것이다. 작가는 홈즈를 당대 영 제국주의가 요구하는 가장 이상적인 남성으로 탄생시킨다. 앞에서 살펴보았듯이 홈즈는 강인한 신체와 결단력, 그리고 문학과 철학을 제외하고 범죄학, 화학, 해부학, 지질학 등 모든 학문에 대한 해박한 지식과 스포츠 실력 등으로 우월한 영국인의 몸과 정신을 갖추고 있는 인물로 묘사된다. 이러한 지식은 타인종 범죄자들을 제압하는 권력으로 활용된다. 대부분의 도일의 작품에서 홈즈는 범죄 현장에 늘 과학과 합리성의 상징인 줄자와 확대경을 들고 관찰하고 추리하는 모습으로 등장한다. 이것도 정밀하고 정확한 과학에 근거한 영국 범죄 과학의 우수성을 드러내기 위한 작가의 장치이다.

이러한 홈즈의 정확성은 『네 사람의 서명』에서 절대 감정에 휘둘리지 않는 냉정한 인물로 묘사되는 데서도 드러난다. 그는 이 사건의 의뢰인인 아름다운 메리 모스턴(Miss Mary Morstan) 앞에서도 "고객은 그저 사건의 한 단위, 한 가지 요소일 뿐. 그 이상도 그 이하도 아니다"라고 하며 감정을 배제한 냉철한 이성을 강조한다. 또한 자신의 파트너인 존 왓슨(John Watson)과 메리가 결혼을 결정했을 때도 감정을 중시하는 사랑은 그가 최우선 가치로 여기는 "냉철한 이성"과는 반대되므로 "정확하고 냉철한 판단"을 내리기 위해서 자신은 절대 결혼하지 않는다고 말한다. 왓슨은 이러한 홈즈를 "계산기"에 비유한다.

그런데 홈즈는 범죄의 원인에 대해서는 관심이 없고, 오직 복잡한 범죄 사건을 다룸으로써 자신의 뛰어난 추리력을 과시하는 일에만 관심이 있다. 이 소설에서도 그는 영국인들이 인도의 보물을 탈취한 경위에 대해서는 모른 척하고, 보물의 소유자인 영국인이 타인종으로 추정되는 범죄자에 의해 살해당한 사건의 미스터리를 추리하는 일에만 열정을 보인다. 그에게는 범죄 사건이 복잡

할수록 "아무도 풀 수 없는 난해한 암호이며, 복잡한 분석과제"로서 도전 의욕을 불러일으킨다. 우울증이 있는 홈즈에게 범죄 사건이 발생하지 않는 세상은 너무나 무료하기 때문에 그는 그 무료함을 견딜 수가 없어 바이올린을 연주하기도 하다가 심지어는 모르핀이나 코카인 등 마약을 투여하기까지 한다. 물론 19세기 말 당시 영국에서 마약 투여는 불법 행위가 아니었고 홈즈도 아편굴을 들락거리는 것에 대해서는 부정적이었지만 냉정하고 천재적인 탐정인 홈즈가 이 소설의 서두에 우울증 환자로서 마약 중독자로 등장한다는 사실에 대해 독자들은 충격을 받을 것이다.

영국인 탐정 홈즈는 프랑스 탐정인 뒤팽이나 프랑수아 르 빌라르 등을 관찰력이나 추리력, 지식 등에서 자신보다 한 수 낮은 인물로 과소평가함으로써 영국인의 우월성을 드러낸다. 『네 사람의 서명』에서 홈즈는 자신을 "범죄 수사계의 최종심이자 대법원"이라고 평가하며 프랑스의 빌라르가 자신에게 자문을 구하러 왔다는 이야기를 통해 영국의 범죄과학이 프랑스에 비해 우월하다는 점을 강조한다. 홈즈는 빌라르가 "지식이 부족하다"라고 지적하며 발자국 추적에 관한 자신의 논문을 읽어야 한다고 말함으로써 은연중 범죄학자로서 영국의 탐정이 프랑스 탐정에 비교해 지식이 한발 앞서고 있음을 과시한다.

도일은 자신의 『회고록』에서 영국인을 "두뇌가 명석한 앵글로 색슨족"이라고 서술하며, 여러 학문에서 우월한 문명화된 영국이 미개하고 열등한 식민지를 계몽시켜야 한다는 점을 역설한 바 있다. 그 결과 홈즈의 범죄학에서 범죄자로 규정되는 식민지 출신의 타인종은 지능이 낮은 미개하고 열등한 야만인으로서 동물, 괴물, 그리고 식인종으로 형상화되는 범죄와 질병의 원천으로 그려진다.

도일은 이러한 우월한 영국인과 열등한 타자의 육체와 정신을 강조하기 위해 18세기 후반 이후 유행한 인상학과 골상학 등의 과학뿐만 아니라 새롭게 등장한 범죄 과학 및 범죄 인류학을 동원한다. 도일의 작품에 영향을 미친 범죄과학자로는 베르티옹 시스템, 즉 범죄자에게 신체측정법을 도입한 알퐁스 베르티옹(Alphonse Bertllon)과 지문법을 창시한 프란시스 갤튼(Francis Galton)을 들 수 있다.

도일에게 영향을 미친 범죄 인류학자로는 이탈리아인 범죄 인류학자 체사레 롬브로소(Cesare Lombroso)가 있다. 롬브로소는 범죄자를 조상의 형질이 긴 공백 후에 되풀이되는 격세유전적 존재로 정의하고, 범죄성은 사회적, 경제적, 정치적인 외적 요인이 아닌 특정한 부족에게서 나타나는 '태생적' 특질임을 주장한다. 그 결과 롬브로소는 두개골의 크기를 측정하고 얼굴과 몸의 기형을 관찰함으로써 '태생적' 범죄자를 식별한다.

롬브로소의 영향을 받아 1890년 영국 범죄과학 역사상 최초의 주요 저서인 『범죄자』를 출간한 영국인 범죄 인류학자인 헤블락 엘리스(Havelock Ellis)도 동시대의 도일의 작품에 영향을 미친다. 엘리스도 범죄자의 특성을 '태생적'인 것으로 본다는 점에서 롬브로소와 궤를 같이하며, 그 또한 해부학적 분류를 통해 "태생적인 범죄자는 튀어나온 귀, 숱이 많은 머리, 가는 턱수염, 튀어나온 이마, 거대한 입주변, 네모지고 튀어나온 턱, 큰 광대뼈, 빈번한 몸짓을 지니는데 이는 간단히 말해 몽골인이나 흑인을 닮은 형태"라고 하며 범죄자의 몸을 아프리카나 인도와 같은 식민지에 거주하는 식민지 원주민의 몸과 동일시한다. 『네 사람의 서명』을 비롯한 셜록 홈즈 연작에서 도일은 당대 범죄 과학과 범죄 인류학에 기대어 홈즈로 대표되는 영국인의 우월성을 드러내면서 동시에 타자에게 열등성과 범죄성을 부여한다.

『네 사람의 서명』은 19세기 중반 인도 항쟁이라는 역사적 상황에서 발생한 인도의 보물 탈취 사건과 관련된 영국인이 살해되었을 때 그 범인을 영국인이 아닌 식민지인으로 규정하는 홈즈의 추리와 범죄자 처벌을 다룬다. 이 소설에서 홈즈에게 사건을 의뢰하는 의뢰인은 '가정의 천사'로서 당대 남성들이 이상적인 영국 여성으로 여기는 메리 모스턴이다. 그녀는 "크고 푸른 눈과 금발 머리에 사랑스럽고 상냥한 표정"을 가진 젊은 여성으로서 왓슨이 "3개 대륙을 돌아다녀도 첫인상에서 이처럼 섬세하고, 민감한 감성을 드러내는 여성은 처음"이라고 묘사할 정도로 육체와 영혼에 있어서 영국 여성의 우월함을 보여주는 본보기로 작용한다. 홈즈는 이 영국 여성의 안위를 위해 탐정의 역할을 충실히 하는 기사도적인 영국 남성으로 재현된다.

메리의 아버지인 모스턴 대위와 그의 친구인 숄토 소령은 인도 아그라의 값비싼 보물을 차지하고 영국으로 돌아온 군인들이다. 홈즈는 이 보물을 소유하고 있던 숄토 소령의 아들 바솔로뮤 숄토를 살해한 사건을 떠맡는다. 살해된 숄토는 "근육이 모두 수축되고, 안면 근육이 심하게 뒤틀린" 상태로 발견된다. 홈즈는 이것을 "강력한 알칼로이드로 인한 중독사"로 추정한다. 이 "식물성 알칼로이드"는 도일의 소설에서 식민지에서 유입된 독성 식물로 자주 등장한다. 즉, 달아난 범인은 식민지 출신이라는 사실이 암시되는 것이다.

이처럼 "식물성 알칼로이드"로 숄토를 살해하고 보물을 훔쳐 달아난 범인을 추적하는 과정에서 프랜시스 갤튼식 지문법에 의거하여 두 종류의 발자국이 범행 증거로 홈즈에게 포착된다. 그 발자국의 주인으로서 인도에서 영국으로 유입된 영국인 부랑자 조나단 스몰(Jonathan Small)과 인도의 안다만 제도의 원주민인 통가(Tonga)가 각각 주범과 공범으로 지목된다. 그런데 과학과 합리성의 상징인 돋보기와 줄자를 들고, 뛰어난 화학자로서 크레오소트를 구분하는 홈즈는 범죄 현장에 남아있는 "보통 성인의 절반도 안 되는 기이한" 그리고 "맨발을 하고" "발가락이 유난히 많이 벌어져 있는" 범인의 발자국을 근거로, 또한 범죄 현장의 돌도끼와 살해당한 자의 머리에 꽂힌 "영국산이 아닌" 독침을 근거로 두 공범 중에 살해범은 영국인인 스몰이 아니라 인도 원주민인 통가라는 편파적 가설을 세운다.

홈즈는 이 가설을 입증하기 위해 최근 발간된 『대륙지명사전』

에 나와 있는 안다만 제도의 원주민에 대한 설명을 인용한다.

안다만 제도의 원주민은 지구상에서 가장 작은 종족이
라고 주장할 수 있다. 몇몇 인류학자들은 아프리카의 부시
맨, 아메리카의 디거 인디언(Digger Indians)[1], 티에라델푸에고
인[2]이 더 작다고 생각한다. 안다만 제도 원주민들의 평균 신
장은 120센티미터 이하이다. 완전히 성장을 끝낸 성인 가운
데 이보다 훨씬 작은 사람들도 많이 발견되었다. 그들은 사
납고, 음침하며, 다루기 어려운 성격이다… 그들은 선천적
으로 흉측하게 생기고, 크고 기형적인 머리와 작고 사나운
눈, 뒤틀린 얼굴을 하고 있다. 손과 발 역시 특이하다 싶을
정도로 몹시 작다. 또 너무 다루기 어렵고 사나운 탓에 그들
을 회유하려는 영국 관리들의 노력은 매번 실패로 끝났다.
선원들에게 이들은 항상 공포의 대상이었다. 난파된 배의
생존자 머리를 돌도끼로 내리쳐 죽이거나, 독침을 쏘아 죽
인 뒤 이렇게 학살한 시체로 식인 축제를 벌인다.

---

1   디거(Digger)는 생계유지를 위해 땅에서 뿌리를 캐는 행위를 묘사하는 것
     으로서 북미의 다양한 원주민을 경멸적으로 일컫는 용어이다.

2   티에라델푸에고(Terra del Fuegians)는 남아메리카 남단에 있는 군도이다. 찰
     스 다윈이 20대 초반인 1831년에서 1836년 사이에 티에라델푸에고를 방
     문했던 사실은 널리 알려져 있는데, 그때 그는 원주민을 식인종으로 잘
     못 인식하고 후에 이러한 판단을 번복했다고 한다.

홈즈가 "최근의 가장 권위 있는 책"이라고 하면서 권력을 부여하는 『대륙지명사전』은 1881년에 출판된 『인도에 관한 제국지명사전』의 제1권일 가능성이 크다. 이 사전은 당대 범죄 인류학에 기대어 안다만 제도의 원주민의 몸을 영국인의 몸과 비교하여 가장 미개하고 열등한 야만적인 몸으로 구성하는데 선도적인 역할을 한다. 안다만 제도의 원주민의 몸은 키 큰 영국인에 비해 "평균 신장이 120센티미터 이하"인 "지구상에서 가장 작은 종족"으로 영국인들이 키가 작다는 이유로 경멸적으로 부르는 식민지의 "부시맨," "디거 인디언," "티에라델푸에고인" 등의 종족들과 동일하게 취급된다. 그들은 얼굴과 몸이 기형인 범죄자의 특질을 '태생적'인 것으로 파악하는 롬브로소의 견해를 뒷받침하듯 "선천적으로 흉측하게 생기고," "기형적인 머리"와 "뒤틀린 얼굴"과 "몹시 작은 손과 발"을 가진 인종으로 묘사된다.

주목할 것은 그들이 "돌도끼"와 "독침"을 사용하고 "식인 축제를 벌이는" 야만적인 식인종으로 규정된다는 점이다. 이처럼 원주민 통가는 식인종으로서 인간이 아닌 짐승보다 못한 괴물로 묘사되며, "돌도끼"와 "독침"을 사용함으로써 영국 독자에게 영국 선원의 안위를 위협하는 공포와 혐오의 대상으로 각인된다.

그러나 20세기의 평자들 뿐 아니라 도일과 동시대인 19세기 말의 평자들도 이처럼 안다만인들을 육체와 정신에서 열등하고 무지한 괴물 혹은 식인종으로 취급하는 『대륙인명사전』의 근거 없음에 대해 비판한 바 있다. 그들은 안다만인들은 키가 120센티미터 이하가 아니며, 성격도 "사납고, 음침하고, 다루기 어려운" 것이 아니라, "쾌활하고, 이야기하기를 좋아하고, 성마르고, 호기심이 많고, 활동적"이며, 외모도 "불쾌하지 않고," 돌도끼나 독침도 가지고 있지 않으며, 무엇보다도 식인종이라는 서술은 순전히 허구의 산물임을 밝힌다. 그럼에도 불구하고, 합리적 사고와 과학적 추리에 근거한 최고의 범죄과학자라는 홈즈는 범죄 현장에 남아있는 범인의 발자국을 근거로, 그리고 범죄 현장의 돌도끼와 살해당한 자의 머리에 꽂힌 "영국산이 아닌" 독침을 근거로 살해범은 안다만 원주민인 통가라는 비과학적인 가설을 세운다.

살해범이 안다만 원주민 통가라는 홈즈의 편파적 가설을 입증하기 위해 도일은 두 명의 영국인 서술자인 왓슨과 스몰을 전략적으로 동원한다. 도일은 아시아에 가 본 적이 없는 홈즈의 가설을 입증하기 위한 시도로 직접 식민지 아시아를 체험해 본 왓슨과 스몰로 하여금 산 증인이 되도록 하는 전략을 취한다. 왓슨은 당시 중앙아시아의 패권을 놓고 영국과 러시아가 벌인 경쟁의 결과인 제2차 영국-아프가니스탄 전쟁(1878년~1880년)에 직접 참여한 바 있다. 이 전쟁에서 그는 "이슬람 전사들"이 쏜 총탄에 어깨와 다리를 다쳐 오랫동안 통증에 시달리며 고생했기 때문에 그들을 "잔인한" 인종으로 기억하고 있는 인물이다[3]. 한편, 스몰은 식

---

3 아프가니스탄은 중앙아시아의 교통의 요충지로서 고대로부터 제국주의적 탐욕의 대상이 되어온 곳으로 19세기에는 영국에 의해, 20세기에는

민지 인도에 군인으로 입대했다가 갠지스강에서 악어에 물려 한 쪽 다리를 잃은 후 아그라의 보물 탈취 사건에 연루되어 살인죄로 인도의 아그라, 마드라스, 안다만 제도 등의 감옥을 전전하다가 탈옥한 경험이 있는 인물로 그려진다.

서술자 왓슨은 홈즈가 가설을 세운 원주민 통가의 괴물성, 그리고 "독침"을 사용하는 야만성과 공포를 사실로 확인해주는 역할을 한다. 왓슨은 홈즈와 함께 런던 경찰의 경비정을 타고 체포를 피해 도주하는 스몰과 통가를 추격한다. 그들은 증기선 오로라호를 타고 런던의 템즈강을 따라 도주하고 있다. 왓슨은 처음으로 직접 관찰하는 통가의 첫인상에 대해 인간이 아닌 "시커먼 덩어리" 혹은 "뉴펀들랜드종 개"와 같은 동물로 묘사함으로써 이전에 홈즈가 통가를 기형적인 몸을 가진 괴물이라고 한 편파적 가설에 적극적으로 동조한다. 그 이후 계속되는 통가의 실제 모습을 대면하는 다음과 같은 왓슨의 서술은 놀라울 정도로 홈즈의 편파적 가설과 일치한다.

그[스몰]가 불쾌한 소리로 고함을 지르자, 갑판 위에 웅크리고 있던 검은 덩어리가 꿈틀대더니 서서히 몸을 일으

소련에 의해, 21세기에는 미국에 의해 반복적으로 침공당했으나 아프간 부족들의 거센 반항으로 인해 모두 실패함으로써 소위 '제국의 무덤'이라 불리는 곳이다.

영국 소설, 인종으로 읽다

커 세웠다. 검은 덩어리는 키가 아주 작은 남자로 변했다. 내 평생 그렇게 작은 남자는 처음 보았다. 머리는 크고, 기형적으로 생겼고, 머리카락은 [자루걸레처럼] 엉키고 헝클어진 상태였다. 홈즈는 벌써 리볼버를 꺼내 들었다. 이 야만적이고 기형적으로 생긴 피조물이 보는 가운데 나도 리볼버를 급히 꺼냈다. 놈은 외투인지, 담요인지 모를 검은 천으로 몸을 감고 있어서 눈에 보이는 거라곤 얼굴뿐이었지만 그것만으로도 상대방을 공포에 떨게 만들기에 충분했다. 지금까지 살면서 수많은 형태의 얼굴을 보아왔지만 이처럼 야수성과 잔인성이 도드라진 얼굴은 처음이었다. 그의 작은 눈에는 음침한 빛이 이글거렸다. 그는 뒤집혀진 입술 사이로 누런 이를 갈며 우리를 향해 짐승 같은 분노를 드러내며 [원숭이처럼] 꽥꽥거렸다.

우선 왓슨의 서술은 타자에 대한 혐오와 공포를 불러일으키는 식민지 원주민의 몸의 열등성과 야만적인 성격을 주장하는 홈즈의 편파적 가설을 반복해서, 재생하고 있다. 왓슨이 직접 관찰을 하여 안다만인의 특징인 "아주 작은 키," "기형적인 머리," "야수성과 잔인성"을 지닌 사납고 흉측한 얼굴, "음침한 눈빛" 등 당대 범죄인의 몸에 대한 혐오를 반복 서술하는 것은 홈즈의 추론이 사실임을 증명해주는 역할을 한다. "누런 이를 갈며," "짐승 같은 분노를 드러낸다"는 묘사는 문명인인 영국인과 대조되는 원시적이고, 동물적이고, 야만적인 원주민의 성격을 확인시켜준다. 결론적으로 왓슨은 자신의 눈으로 통가가 "흉측한 얼굴을 한 악마 같은 난쟁이"가 맞다는 사실을 확인함으로써 홈즈의 편파적 추론에 설득력을 더해준다. 왓슨은 통가의 얼굴만으로도 "상대방을 공포로 떨도록 만들기에 충분했다"라고 서술함으로써 기형적인 타자의 몸을 직접 마주하는 영국인이 느끼는 위협과 공포를 증거해준다.

또한 왓슨은 통가가 공격 무기로 독침을 사용한다는 것을 직접 체험함으로써 통가가 살해범이라는 홈즈의 편파적 가설을 확실히 입증해주는 역할을 한다. 독침은 타자의 몸 이상으로 왓슨에게 직접적인 엄청난 공포를 불러일으킨다. 통가가 독침을 입으로 불어 쏘는 순간 왓슨과 홈즈는 동시에 총을 쏘고, 통가는 그 총에 맞아 즉사하여 템즈강 속으로 떨어진다. 왓슨은 자신들이 서 있던 바로 뒤에 통가로부터 날아온 독침이 꽂혀 있는 것을 보고 "소름 끼치게 무서웠다. 하마터면 우리 두 사람의 목숨이 끊어질 수도 있었다"라고 하며 자신에게 엄청난 불안과 공포감을 조장하는 독침의 존재를 생생하게 보여준다. 그러나 결국 문명화된 영국의 첨단과학의 상징인 총이 식민지 원주민의 원시적인 살인 무기인 독침을 한 방에 간단히 해결하면서 통가를 즉사하게 만드는 탐정 영웅의 모습을 서술함으로써 왓슨은 영국인의 우월성을 드러내며 영국 독자의 불안을 제거하는데 기여한다.

여기에서 우리가 주목해야 할 것은 통가의 언어이다. 그는 이 작품에서 한마디의 말도 하지 못하고 템즈강으로 사라진다. 이 소설에서 그의 목소리라고는 겨우 "[원숭이처럼] 꽥꽥거렸다"와 죽을 때 총에 맞아 "숨이 막혀 캑캑거리는 기침 소리"라는 두 마디의 의성어 밖에는 없다. 원숭이로 묘사된 통가는 인간의 언어라고는 한 마디도 들려주지 못하는 존재가 된다. 그는 주범인 스몰의 명령을 충실히 따르는 하수인임에도 불구하고 스몰은 살아서 범행동기를 진술하고 변호할 기회를 얻는다. 그러나 인도인 통가는 이런 기회 없이 정당방위라는 명분으로 홈즈의 즉결 재판으로 그 자리에서 총살당한다.

도일의 소설에서는 식민지에서 귀환한 영국인 범죄자들이 두 가지 부류로 등장한다. 첫째 부류는 식민지에서 범법행위가 있다 하더라도 부를 축적하여 성공한 상태로 귀환한 자이고, 둘째 부류는 부의 축적에 실패하여 가난한 최하층 부랑자의 상태로 귀환한 자이다. 성공한 귀환자 범죄자들에게는 소설의 종결부에 고백이나 변명의 기회가 주어지지만 실패한 귀환자 범죄자들에게는 그러한 기회가 주어지지 않는다. 그러나 『네 사람의 서명』의 종결부에서 고백과 변명을 하는 범죄자 스몰은 예외적인 경우라고 할 수 있다.

살해범이 통가라는 홈즈의 편파적 가설을 입증하기 위해 도일은 왓슨이라는 주서술자 이외에 영국인 범죄자 스몰을 또 다른 서술자로 전략적으로 활용한다. 그렇다면 도일은 왜 스몰에게 서술자의 자격을 부여하여 그러한 기회를 예외적으로 보장하는가?

스몰은 인도와 안다만 제도에서 오랜 기간 아그라의 보물과 관련된 범죄에 개입한 인물이다. 그는 인도인과 안다만 원주민에 대한 생생한 증언을 통해 홈즈가 이론적으로 내세운 가설을 입증하기 위해 전략적으로 필요하다. "덥고 끔찍한 곳"이라고 스몰이 묘사한 안다만 제도는 식민지의 오지로서 영국인 중에 스몰과 같은 범죄자만 갈 수 있는 곳이다. 그러므로 이러한 장소에 대해 증언할 최고 적임자는 오직 스몰 밖에 없으므로 도일은 그에게 범죄자이지만 예외적으로 진술할 기회를 부여하는 것이다. 홈즈가 범인들을 체포하러 가기 전에 존스 형사에게 이번만은 범인 스몰에게 사건의 전모를 직접 듣고 싶다고 특별히 부탁하는 것을 볼 때 이러한 전략은 의도적인 것으로 추정된다. 홈즈는 범죄자인 스몰에게 예외적으로 여송연 한 대와 위스키를 권하고 백인으로서 동질성을 표현하며 "그렇게 작고 힘이 없는 검은 놈이 어떻게 숄토를 죽일 수 있었느냐?"라고 유도 심문을 하거나 "독이 숄토의 몸에 빠르게 퍼져서 당신이 방에 들어오기 전에 이미 사망했다는 사실을 밝혀낼 수 있다"라고 하면서 스몰을 살해 용의자선상에서 제외시키고 통가를 살해범으로 몰도록 유도한다.

스몰의 서술은 이러한 홈즈의 주문에 대한 대응으로서 홈즈가 원하는 대답을 중심으로 전개된다. 스몰은 홈즈가 세운 가설대로 안다만인인 통가는 독침을 사용하는 '태생적'인 악마이며, 괴물이며, 식인종이라는 사실을 증언해준다. 스몰은 지금까지 자신에게 헌신적으로 복종했던 통가에 대해 "지옥의 사냥개" 혹은 "피에

굶주린 작은 악마"라고 칭하며, 통가가 범죄 현장에 돌도끼와 독침 상자를 떨어뜨리고 왔다는 결정적인 증언을 해준다.

빅토리아 시대의 영국 문학은 인도 항쟁에 참여한 인도인을 유치하고 악마적인 완전히 비이성적인 반역자로 취급하는데 스몰의 서술 가운데 많은 부분을 차지하고 있는 인도 항쟁에 대한 묘사는 이처럼 인도인을 범죄의 근원인 악마로 규정하는 전형적인 예를 보여준다. 스몰이 직접 경험한 인도 반란에서의 인도인의 악마성은 통가의 '태생적' 악마성을 주장한 홈즈의 가설을 확인시켜주며, 동시에 영국인에게는 반드시 제거해야 할 공포의 대상으로 작용한다.

스몰은 영국과 인도의 문명과 야만을 대비시키면서 영국에서는 "인간의 목숨이 위대하고 성스러우나 인도에서는 다르다"라고 하면서 반란을 일으킨 인도인은 영국인들에게 살인과 방화와 반인륜적인 행위를 자행하는 "20만 명의 시커먼 악마들"로 서술한다. 그 예로 스몰은 영국인 도슨 부인을 세포이에 의해 "온몸이 갈기갈기 찢겨 자칼과 들개들에게 반쯤 먹힌" 상태로 서술하며, 부인을 지키려던 남편 도슨을 "리볼버를 손에 쥔 채 엎드려 죽어 있는" 상태로 서술한 뒤 영국인 에이블 화이트의 방갈로가 인도인의 방화로 불길이 치솟는 화염 속에서 "시커먼 마귀들이 춤을 추고 환호하는" 모습으로 인도인의 악마성을 증언한다. 스몰은 아그라시를 "광신도와 온갖 격렬한 악마 숭배자들로 가득한 곳"으로 서술함으로써 당시 인도의 전통적인 종교 축제에 대해서도 이교도의 행위라는 이유로 악마적 행위로 규정한다. 또한 이 축제 중 "시끄럽게 계속되는 북소리와 아편과 인도대마에 취한 반란자들의 고함과 울부짖는 소리"에 대한 묘사를 통해 질병과 범죄의 원천으로 식민지에서 유입되는 독성 식물로서 아편과 인도 대마가 강조된다. 스몰을 통한 이러한 도일의 서술 전략은 독자들로 하여금 이처럼 악마적이고 잔인한 인도인을 처벌하고, 그들을 계속 지배하는 것은 영국의 당연한 사명으로 정당화하도록 만든다.

스몰은 통가가 독침을 사용하는 식인종이라는 사실을 증명할 수 있다는 점에서도 최적격의 증언자로 전략적으로 활용된다. 그는 아그라 보물 탈취 사건에 개입하여 살인을 한 죄로 아그라에서 마드라스를 거쳐 안다만 제도에 있는 감옥으로 이송된 자이다. 이러한 이유로 그는 안다만 제도의 지리적 환경이나 기후, 동식물, 원주민들의 생활 풍습을 누구보다도 잘 아는 영국인 현장 전문가로서의 위상을 지닌다. 그는 홈즈에게 안다만 제도에는 "야만적인 식인종 원주민들이 들끓었다"라고 진술함으로써 홈즈가 『대륙지명사전』에 근거해 통가가 식인종이라고 주장한 편파적 가설을 진실로 만드는 데 결정적인 역할을 한다. 또한 "[안다만] 놈들은 언제라도 우리를 향해 독침을 쏠 준비를 하고 있었다"라고 체험담을 증언함으로써 안다만인들이 독침을 사용한다는 사실이 허구가 아닌 진실임을 분명히 확인해주는 역할을 한다. 그러나 위에서 살펴보았듯이, 식인종도, 독침도 모두 허구의 산물이다. 부랑자 스몰은 영국에 돌아온 후 통가를 "검은 식인종"이라고 칭하며 장터 같은 곳에서 영국인들에게 구경을 시키고, 날고기를 먹게 하고, 전승의 춤을 보여줌으로써 밥벌이를 하는데, 통가는 강요에 의해 날고기를 먹었을 뿐 식인 행위를 하는 장면은 정작 한 번도 묘사되지 않는다.

스몰은 영국에서는 최하층 빈민에 속하는 계급으로 전락했으나 인종적 타자를 열등하고 야만적인 존재로 규정하는 영국 우월주의에 있어서는 영국 지배계급과 의견의 일치를 보인다. 영국인으로서 그의 범죄 행위도 '태생적'인 것이 아니라 악마적인 인도인에 의해 전염된 결과로 서술된다. 그는 원래 영국 우스터셔에서 농사를 짓는 독실한 기독교 집안 출신이지만 인도에 와서 아그라의 보물을 탈취하려는 시크교도들의 유혹으로 범죄에 가담하게 됨으로써 영국인이 '태생적' 범죄자 집단인 타자에 의해 전염되었음을 변호한다.

이러한 스몰의 지금까지의 서술에 대해 홈즈는 보통의 경우 발언권을 주지 않는 최하층 범죄자임에도 불구하고 자신의 가설을 입증하는데 결정적으로 기여했으므로 "아주 주목할 만한 진술"이라고 긍정적으로 평가한다. 결과적으로 스몰은 자신에 대해 변호할 기회를 가진 후에 경찰서로 연행되어 영국의 정당한 재판 절차에 의해 법의 심판을 받는 것으로 사건이 종결된다.

지금까지 살펴본 것처럼 식민지 원주민 통가는 영국인 탐정 홈즈를 위해 이 작품에서 침묵해야 하는 존재이다. 통가에게 말할 기회를 준다면 홈즈가 안다만인의 외모와 성격에 대해 세운 편파적 가설이 사실과 다르게 드러날 가능성이 있기 때문이다. 또한 통가의 서술과 현장 검증을 통해 그가 직접 독침을 쏘지 않았을 가능성도 드러날 수 있다. 스몰이 살해범일 가능성도 있고, 살해된 숄토의 쌍둥이 동생 새디우스 숄토의 범행 가능성도 존재하지만 홈즈는 영국인인 스몰이나 숄토에게는 어떤 혐의도 두지 않고 오직 외국인 타자에게만 혐의를 둔다. 영국인 가정부 번스토운 부인이 이유도 없이 인도인 랄 라오 집사를 그저 "나쁜 사람"이라고 하는 평을 들은 홈즈가 구체적인 증거도 없이 숄토 집안 내에 스몰의 범행을 도운 유일한 인물은 랄 라오라고 추측하는 것도 같은 예이다. 그러므로 인종적 타자에게만 범죄성을 부여하는 이 작품에서 통가는 그저 말없이 사라져야하는 것이다.

이처럼 인종적 타자에게 범죄성을 부여하는 것과는 대조적으로 이 소설에서 홈즈는 영국인 지배계급의 범죄에 대해서는 무관심하다. 홈즈는 스몰이 "정의"에 대해 분개할 때 관심이 없다. 그가 말하는 "정의"는 지배계급을 위한 것이기 때문이다. 부당한 방법으로 부를 취해도 식민지에서 성공한 자에 대해서 홈즈는 크게 문제 삼지 않는다. 이 사건을 홈즈에게 의뢰했던 메리의 아버지인 모스턴 대위와 그의 친구 숄토 소령은 인도에서 부당한 방법으로 아그라의 보물을 차지하고 영국으로 돌아온 인물들이지만 범죄의 원인에 대해 관심이 없고, 범죄의 미스터리를 푸는 추리에만 관심이 있는 홈즈는 이의를 제기하지 않는다. 모스턴 대위가 사망한 것은 숄토 소령의 고의가 아닌 실수로 처리되고, 대위의 시체를 유기한 것도 인도인 하인 랄 초우다가 제안한 것으로 설명됨으로써 식민지에서 성공한 지배계급에는 범죄에 대해 변명할 기회가 주어진다. 홈즈는 오직 보물을 상속받아 부자로 잘 살아가는 숄토 소령의 자식들과 그 보물의 일부를 받아야 할 권리가 있다고 생각하는 "금발 머리"와 "푸른 눈"을 가진 메리를 위해, 즉 영국 지배계급의 재산을 보호하기 위해 사건을 적극 수사할 뿐이다. 이 소설을 읽는 독자들 역시 당연히 탐정인 홈즈가 옹호하는 지배계급의 시각에 공감하게 된다.

이 소설의 결말은 '가정의 천사'인 메리 모스턴과 왓슨의 결혼을 예고함으로써 타인종 범죄자로 인한 공포와 위협을 제거하고 영국인의 순수한 피가 오염되지 않은 채 평온한 가정성의 가치를 회복하는 것으로 끝난다. 이처럼 『네 사람의 서명』에서 도일은 셜록 홈즈로 하여금 질병과 범죄의 원천으로서 식민지와 그 식민지 출신의 타자에 의해 영국성이 오염되고 위협받는 상황에서 위험한 타자를 처벌하고 우월한 영국성을 수호함으로써 영국인의 불안을 진정시키는 역할을 수행하도록 하는 것이다. 이처럼 오직 영국인 지배계급의 이익을 위해 타인종을 쉽게 범죄자로 낙인 찍고 처벌하는 셜록 홈즈는 과연 명탐정이라 불리기에 손색이 없는가?

제6장

누가 흡혈귀인가?:
브람 스토커의『드라큘라』

1897년에 출판된 브람 스토커(Bram Stoker)의 『드라큘라』
(*Dracula*)에서 영국에 침입한 트란실바니아 출신 드라큘라 백작은
흡혈귀 사냥꾼인 5인의 서구 백인 남성 연대에 의해 칼에 찔려 먼
지로 사라지는 것으로 처리된다. 그러나 이 작품은 출판 이후 약
130년 동안 한국을 포함한 전 세계에서 무수히 많은 대중 소설, 영
화, 연극, 뮤지컬, TV 드라마로 각색되면서 원제처럼 "죽지 않는
자"(Undead)로 드라큘라의 흡혈귀성을 유지하며 지속적으로 복제되
고 있다.

　『드라큘라』는 후기 빅토리아 시대의 대표적인 고딕소설이다.
영국문학사에서 고딕소설이라는 장르는 주로 하부 장르로 낮게
평가되어왔으나 최근에는 당대 사회의 공포와 불안을 설득력있
게 포착한다는 점에서 정신분석학적 접근이나 젠더, 인종, 계급의
차원에서 다양한 비평의 조명을 받고 있다. 영국에서 고딕소설은
18세기 말과 19세기 말에 크게 유행했는데 이것은 인간이 한 시
대를 마감하고 새로운 시대를 맞으면서 가치관의 혼란과 격변을
겪게 되는 세기말에 공포와 불안이 가장 극대화된다는 사실을 말
해준다.

19세기 말의 상황을 살펴보면 『드라큘라』가 출판된 1897년은 영국 빅토리아 여왕 즉위 60주년이며 보어전쟁(1899~1902)이 발발하기 직전으로 영국의 징고이즘, 즉 맹목적 애국주의가 맹위를 떨치던 때이다. 당시 제국주의가 절정에 이른 영국은 세계 무대에 거대한 글로벌 제국을 형성하게 된다. 그러나 다른 한 편 이 시기는 오랜 가치와 새로운 가치 사이의 충돌로 인한 혼란과 격변으로 불안이 심화되고있는 세기말이었다. 과학의 급속한 발전으로 전통적인 기독교의 위상에 의문이 제기되고, 여성참정권 운동과 신여성의 등장으로 전통적인 가부장제가 여성의 이상으로 규정해온 '집안의 천사'라는 기준을 위태롭게 한 것은 대표적인 세기말 불안의 양상이었다.

더구나 이 시기는 대외적으로 독일, 미국 등의 신흥 국가가 영국 주도의 제국 경영에 도전하여 헤게모니를 차지하려는 새로운 경쟁이 일어남으로써 제국으로서 영국의 위상이 위기에 처한 시기이기도 했다. 제국 경영으로 인한 가장 심각한 불안은 첫째, 아시아, 아프리카, 아메리카 등지에서 식민지의 이민자들의 대거 유입으로 런던을 중심으로 도시 빈민들과 함께 하층민 계급을 형성하면서 범죄가 급증한다고 생각했다. 둘째, 영국이 이러한 타인종인 이민자들에게 정복당하여 역으로 그들의 식민지가 될지도 모른다는 역식민화의 불안이 팽배하게 되었다.

이러한 불안으로 인해 19세기 중반 이후 영국에 형성된 사상이 퇴보 담론이다. 찰스 다윈의 진화론 및 역진화론(퇴화론)은 인

영국 소설, 인종으로 읽다

류는 진화한다는 낙관적 사고 이면에 인류는 또한 적자생존의 과정에서 원숭이로 퇴화할 수도 있다는 불안감을 조성했다. 퇴보 담론의 대표적인 비평가인 막스 노르다우(Max Nordau)의 『퇴보론』에서 볼 수 있듯이 이러한 이론에서 출발한 당대 퇴보 담론은 인종적, 성적, 계급적 타자인 외국인 이민자나 기존 체제에 반항하는 하층 계급 노동자들과 신여성, 그리고 동성애자들을 진화에 방해가 되는 퇴보자로 규정함으로써 기존 사회에서 이들을 배제시킨다.

영국인이 식민지의 타인종인 퇴보자와 피를 섞는 인종 간 성행위나 혼혈결혼 역시 영국인을 원시적으로 퇴보시킨다는 불안을 야기한다. 즉, 순혈주의를 중시하는 영국인의 깨끗하고 순수한 피가 식민지 출신의 더러운 타인종의 피에 의해 오염되어 영국인이 동물이나 괴물 상태로 퇴보할지도 모른다는 인식이다. 19세기 중반 유럽과 미국의 대표적인 백인 인종 과학자들은 혼혈아는 열등하고 나약하여 결국 멸종한다는 혼혈 퇴화 담론을 피력한다. 한 예로 1864년 영국 인류학자인 제임스 레디(James Reddie)가 "이집트인, 카르타고인, 그리고 멕시코인들은 신의 창작품을 감히 망친 사람들에 대해서 신이 내리는 벌을 보여주는 역사적 본보기"라고 한 것은 당대 만연한 인종 간 성행위와 혼혈혼을 비판하는 부정적 인식을 대표한다.

『드라큘라』에서 혼혈과 역식민화로 인한 퇴보에 대한 불안은 두 가지 양상으로 전개된다. 하나는 문명인인 영국인이 원시적이고 야만적인 타민족 국가에 식민지 개척자로 갔을 때 그 문화에 흡수됨으로써 영국이 원시와 야만의 상태로 퇴보할지도 모른다는 불안이다. 다른 하나는 그 식민지의 이민족이 영국 본토를 침공하여 영국을 식민지로 만들고, 순수한 영국인의 피를 오염시켜 혼혈의 상태로 만들어버릴 수 있다는 불안이다.

불안의 첫 번째 양상으로서 외국에서의 영국인의 상황은 소설의 서두에서 첫 번째 서술자인 조나단 하커(Jonathan Harker)가 드라큘라성이 있는 동유럽 트란실바니아를 처음 방문하는 모습을 통해 관찰된다. 일기, 편지, 전보, 신문 기사 등으로 구성된 독특한 이 소설의 서술 구조에서 보듯이, 『드라큘라』 속의 서술자들은 모두 기록하는 행위에 집착하는데 하커도 그러한 인물 중의 하나이다. 하커는 식민지를 방문하여 이국적 여행기를 쓰는 당대 작가들처럼 일지를 기록한다. 하커는 중산층 남성으로서 영국 국교도이며, 미나 머리(Mina Murray)와 약혼을 한 사이이고, 또한 변호사로서 드라큘라 백작이 영국에 거주할 집을 구해주는 업무로 이 성을 방문한다.

인종적 타자로서의 드라큘라 백작의 외모와 신체적 특징에 대한 하커의 서술을 요약하면 다음과 같다. 그는 키가 크고 말랐으며, 매부리코에, 길고 날카로운 이빨과 유난히 붉은 입술, 검은 눈에 숱이 많은 일자 눈썹, 야윈 뺨에 넓고 강한 턱, 끝이 뾰족한 귀, 거칠고 넓적한 손을 가졌으며, 손바닥에는 털이 많고, 길고 가는 손톱은 끝이 뾰족하며, 숨을 내쉴 때는 입에서 악취가 난다.

머리말에서 살펴보았듯이 당대 영국인들은 제국주의를 정당화하기 위해 우월한 '우리'와 열등한 '타자'를 구분하고, 그 타자에 대한 가혹한 억압을 정당화할 구실을 그들의 열등한 신체적 특징에서 찾았다. 즉, '우리'의 몸은 정상적이고, '타자'의 몸은 비정상적인 그로테스크한 괴물, 식인종, 흡혈귀, 혹은 개나 원숭이 등 동물로 차별적으로 인식한다. 하커가 서술하는 드라큘라의 몸은 이처럼 비정상적인 그로테스크한 괴물의 신체로서 "길고, 날카로운 이빨"과 "[피묻은] 유난히 붉은 입술"에서는 원시적이고, 야만적인 식인종과 흡혈귀의 신체적 특징을 떠올리게 한다. 또한 비록 인간과 유사한 모습을 하고 있지만 "숱이 많은 일자 눈썹," "끝이 뾰족한 귀," "털이 많은 손바닥," "길고 뾰족한 손톱" 등에 대한 묘사는 개나 원숭이와 같은 동물의 몸을 연상시킨다. 이처럼 하커는 타인종을 영국의 앵글로색슨인보다 열등한 인종으로 규정짓는 당대 영국인의 전형적인 시각을 갖고 있다.

이러한 드라큘라 백작의 신체적 특징은 인종적 측면에서 여러 층위로 해석된다. 우선 이 소설의 작가인 스토커가 영국계 아일랜드인, 즉 아일랜드에 정착한 영국인의 후손이라는 사실 때문에 백작을 아일랜드인으로 보고 그의 침공을 받아 영국성을 잃고 아일랜드인으로 완전히 흡수되는 데 대한 영국계 아일랜드인의 인종적 불안으로 이 작품을 해석할 수 있다. 이것은 아일랜드의 켈트족의 피와 잉글랜드의 앵글로색슨족의 피가 혼합되면 더 우월한 앵글로색슨족의 피가 더 열등한 켈트족의 피에 의해 퇴화한다는 당시 영국인의 악몽에 근거한다. 빅토리아 시기 영국인의 아일랜드인에 대한 이미지는 '흰 원숭이,' '해로운 잡초,' '출산력이 과도한 토끼,' '술 취한 거지' 등 야만인과 퇴보자의 전형으로 그려졌기 때문이다.

한편, 드라큘라는 서구가 부정적인 인종으로 차별해 온 유대인으로 해석되기도 한다. 하커 이외의 서술자인 미나도 런던에서 드라큘라 백작을 처음 목격했을 때 그를 "키가 크고 말랐으며, 매부리코에 냉정하고 잔인하나 얼굴은 관능적이며, 크고 흰 이빨과 매우 붉은 입술과 붉은 눈을 가졌다"라고 서술한다. 하커와 미나의 서술에서 공통적으로 강조되는 "큰 키와 마른 얼굴," "매부리코," "유난히 붉은 입술," "이글거리는 붉은 눈"은 당대 영국인들이 유대인을 묘사하는 전형적인 특징이다. 당대 영국인의 사고에서 유대인은 흑인, 아시아인과 더불어 혐오와 배척의 대상인 인종적 타자였다. 하커는 드라큘라에게서 악취가 난다고 했는데 당대 인종 담론에서 냄새는 유대인, 흑인, 아시아인을 혐오하는 중요한 이유에 해당했다.

드라큘라 백작의 인종적 정체성과 관련하여 이 소설에서 주목할 점은 하커가 드라큘라 백작이 거주하는 곳을 동양으로, 그를 동양인과 연관하여 인식한다는 점이다. 하커는 우수한 문명을 지닌 서양에 비해 동양을 문명이 퇴보한 야만적인 곳으로 묘사한다. 그가 대영제국도서관에서 찾은 자료에 의하면 동유럽에 위치한 트란실바니아는 "유럽에서 가장 미개하고, 가장 잘 알려지지 않은 곳"이다. 당대 영국인들은 그들을 기준으로 타민족에게 없는 것은 결핍으로 인식한다. 하커로서는 우수한 국립지리원 지도가 있는 영국에 비해 이곳은 지도가 없어 불편한 후진적인 곳이다. 그는 또한 이 지역이 미신이 집결해있는 곳이라는 정보를 읽은 적이 있다고 서술함으로써 트란실바니아를 미신과 비과학성을 특징으로 하는 퇴보된 동양으로 인식한다.

하커는 드라큘라성으로 가는 길에 잠시 들린 부다페스트에서도 서양/동양, 문명/야만의 이분법적 사고에 근거하여 그곳을 동양으로 인식한다. 그는 오스만투르크가 지배하던 시대의 문화적 잔재를 피부로 느끼며 "서양을 벗어나 동양으로 들어가는 것 같았다"라고 서술할 때 분명히 동양성을 강조한다. 그뿐만 아니라 "[런던에서] 동쪽으로 갈수록 기차의 출발 시각이 정확하게 지켜지지 않는다. 그러니 중국은 어떻겠는가?"라고 하면서 중국을 구체적으로 거명하며 서양의 우월한 문명에 미치지 못하는 동양의 퇴보를 지적한다. 호텔에서의 첫 저녁 식사도 붉은 고추가 들어간 닭요리를 먹었다고 서술함으로써 동유럽의 동양성을 강조한다. 하커가 하룻밤 묵었던 호텔 주인은 유령과 악마를 물리치기 위한 부적으로 십자가를 그의 목에 걸어준다. 그가 "영국 성공회 목사들은 그러한 존재를 미신으로 간주하도록 가르쳤다"라고 쓰듯이 영국 국교도인 하커에게 구교를 믿는 동유럽은 서양의 과학, 이성과 대비되는 미신과 주술이 판을 치는 동양의 세계와 동일하게 인식된다. 이러한 인식에는 야만적인 고대 원시 문명으로 퇴보하는 데 대한 당대 영국인들의 두려움이 자리하고 있다.

드라큘라 백작이 거주하는 드라큘라성의 위치는 트란실바니아 중에서도 세케이족이 주로 사는 동북부 지역이다. 이 세케이족이라는 인종적 정체성이 백작을 동양인과 연결시킨다. 왜냐하면 세케이족은 고대 중앙아시아에 거주했던 투르크계의 유목 기마 민족인 훈족의 후예이기 때문이다. 아틸라왕이 이끄는 훈족은 5세기경 중앙아시아에서 유럽으로 진격하여 프랑스, 독일, 이탈리아, 로마까지 침투함으로써 유럽인에게 공포의 대상이 되었던 동양 민족 중 하나이다. 드라큘라성에서 백작의 일상을 직접 관찰한 하커의 기록에 의하면 백작이 세케이족이라는 사실뿐 아니라 그의 삶이 이 지역 사람들과 똑같이 동양의 야만성을 보여주는 미신과 주술에 영향을 받는다는 사실에서도 그는 동양인으로 인식된다. 백작은 하커의 이름을 하커 조나단씨라고 성을 먼저, 이름을 나중 부르는 동양식 호칭을 사용한 후 실수를 인정하고 재빨리 정정한다. 그는 하커가 면도를 하다가 실수로 얼굴을 베어 피를 보이자 흡혈을 위해 흥분하면서 달려들다가 하커의 목에 걸고 있는 십자가 때문에 움찔하고 물러선다.

하커가 관찰한 드라큘라는 죽지도, 살아있지도 않은 언데드의 존재이다. 드라큘라는 낮에는 성의 지하에 있는 흙이 담긴 관 속에서 죽음의 상태로, 밤에는 살아있는 상태로 존재하면서 삶과 죽음의 경계를 넘나든다. 그는 삶/죽음 뿐만 아니라 남성/여성, 이성애/동성애, 인간/동물이라는 이분법적 경계를 모두 넘는 중간자적 존재로 관찰된다. 드라큘라는 20명의 장정과 맞먹는 힘을 가지고, 늑대나 개와 같은 동물을 마음대로 조종하고, 세 명의 흡혈귀 여성에 대해 가부장적 권위를 행사한다는 점에서 남성의 역할을 하고 있다. 그러나 한 명의 하인도 없이 요리나 침구 정리 등 모든 성내의 일을 혼자 처리함으로써 한편으로는 전통적 여성의 역할까지 수행한다. 그는 하커를 공격하는 세 흡혈귀 여성의 유혹을 강제로 중단시키면서 "그[하커]는 내 것이야"라고 선언함으로써 흡혈귀인 그가 여성뿐 아니라 남성도 흡혈의 대상으로 삼을 수 있다는 점을 암시함으로써 이성애뿐만 아니라 동성애 성향을 유추할 수 있는 단서를 제공한다. 드라큘라는 평소에 백작으로서 인간의 모습을 하고 있지만 때로는 도마뱀처럼 거꾸로 성의 벽을 기어 내려가는 모습이 관찰된다는 점에서 동물의 형상을 취하고 있다. 모든 것을 이분법적으로 분명히 구분해야 하는 후기 빅토리아 시대 영국 남성인 하커에게 이러한 중간자적 모호한 정체성도 문명화되지 않는 원시적인 형태로 불안을 야기시키는 요소이다.

드라큘라 백작 외에 하커가 드라큘라성에서 마주치는 존재는 세 명의 흡혈귀 여성이다. 이들 중 두 여인은 검은 피부, 검은 눈에 매부리코를 하고 있고, 한 여인은 금발에 사파이어 빛의 눈을 하고 있다. 이들 모두에게서 발견되는 "관능적인 붉은 입술"에서 관능성이 강조되며, "진주처럼 눈부신 흰 이빨"을 가졌다는 묘사에서는 흑인성이 강조된다. 즉, 그들은 제국을 경영하는 영국인 남성들이 아시아, 아프리카, 아메리카 등 식민지에서 마주칠 수 있는 관능적인 현지인 타민족 여성들을 암시한다. 하커는 이들에게서 불안과 욕망과 두려움을 동시에 느낀다고 쓴다. 즉, 관능성으로 그를 유혹하는 이 현지인 여성들에게 굴복하고 싶은 욕망과 동시에 문명인인 영국인이 야만적인 타민족의 식민지 문화에 흡수되어 퇴보되는 데에 따른 불안과 공포 또한 동시에 느끼는 것이다. 그리고 무엇보다도 이 흡혈귀 여성들로부터의 공격은 문명인인 순수한 영국인의 피가 야만인인 이민족의 피와 섞이는 혼혈에 대한 공포를 불러일으킨다.

이러한 식민지의 관능적인 타민족 여성들은 당대 영국에서 전개된 여권운동과 신여성의 맥락에서도 불안을 야기한다. 빅토리아조 영국의 이상적인 여성상은 수동적인 '집안의 천사'로서 남편을 잘 보조하고, 그에게 위안을 주는 여성으로서 무엇보다도 성을 절제하는 무성적인 여성이다. 욕망의 주체로서 자신의 성욕을 적극적으로 드러내는 여성은 천사/창녀의 이분법에서 천사의 반대 항인 창녀나 마녀, 혹은 악마로 취급된다. 게다가 아이를 잘 낳고 양육하는 모성애는 남성들이 요구하는 여성성의 당연한 일부였다. 이 세 흡혈귀 여성들은 노골적으로 하커에게 성욕을 드러낸다는 점에서 천사/창녀의 이분법에서 창녀로 해석된다. 더구나 흡혈을 시도할 때 여성인 그들이 남성인 하커를 공격하는 자세를 취하고 그는 조용히, 얌전하게 기다리며 수동적 자세를 취하게 만든다는 점에서 전통적 남성의 역할을 침범하는 존재이다. 또한 드라큘라가 자신의 식량이라고 주장하며 하커를 빼앗아 가는 대신에 자루에 든 살아있는 아이를 던져주었을 때 환호하는 흡혈귀 여성들의 태도는 모성 없는 무자비한 어머니의 모습을 보여준다. 이러한 공격적이고, 성을 절제하지 않는 신여성의 모습은 전통적인 남성/여성의 역할을 무너뜨린다는 점에서 남성들에게 불안을 조성한다.

두 번째 양상으로 드라큘라가 제국의 수도인 영국 런던을 직접 침공한 사건은 서양이 동양을 식민지화해온 제국주의가 절정을 이룬 시대에 역으로 서양이 동양에 의해 식민지가 되지 않을까 하는 역식민화의 불안을 야기시킨다. 인류의 역사에서 계속되어온 서양과 동양의 전쟁에서 드라큘라는 영국인들에게는 세기말 서양을 침공한 동양인 침입자로 상징된다. 그야말로 세기말 동서 전쟁이다. 『드라큘라』가 발표되기 전인 1845년에 이미 프랑스 작가 외젠 수(Eugene Sue)는 『방랑하는 유태인』이라는 소설을 통해 서구를 식민지화하려는 동양의 인종적 음모를 다룸으로써 동양에 대한 두려움을 보여준 바 있다. 이 소설에서 잔인한 인물로 묘사되는 인도인 갱단은 지배 영토를 넓히기 위해 동료에게 "넌 미국을 차지해라. 난 유럽을 취하겠다"라고 선언한다. 스토커는 자신이 잘 알고 있는 이 소설에 영향을 받아 『드라큘라』에서 이와 같은 동양에 의한 역식민화의 두려움을 다루었을지도 모른다.

이처럼 서양을 대표해서 영국을 위협하는 드라큘라를 격퇴하기 위해 5인의 서구 백인 남성들이 국제적인 네트워크를 활용하여 연대한다. 이들은 루시 웨스턴라(Lucy Westenra)의 약혼자이며 귀족인 아서 홈우드(Arthur Holmwood, 후에 고달밍경), 변호사 하커, 의사인 존 수어드(John Seward) 등 3인의 영국인을 비롯하여 수어드 박사의 스승인 네덜란드 출신 의사이며, 법학박사인 에이브러햄 반 헬싱(Abraham Van Helsing), 그리고 텍사스 출신 미국인 사업가 퀸시 모리스(Quincey Morris)이다. 이들 중 수어드 박사와 모리스는 남미를 포함한 세계 곳곳의 밀림 속에서 사냥을 즐기면서 남성 연대를 강화해온 사이이다. 이 5인의 백인 남성 연대는 과학과 이성을 상징하는 진보된 서구 근대문명을 대표하는 신지식과 신기술, 신무기인 코닥 카메라, 전신기, 축음기, 타자기, 윈체스터 소총과 새로운 교통수단인 기차, 스팀 보트 등으로 무장하고, 미신과 주술의 상징인 야만성과 퇴보를 대표하는 동양의 침입자 드라큘라와 싸운다. 이들은 이 소설의 독특한 서술 구조에서 보여주듯이 일기, 편지. 녹음을 통한 환자 상담 일지, 전보문, 신문 기사, 항해 일지 등을 통해 드라큘라 사냥에 대한 정보를 함께 수집하고 공유한다. 반 헬싱은 특히 정보를 독점하고 젊은 남성들을 자신의 의사대로 통제한다.

백인 남성 연대는 드라큘라를 상대할 때 우월한 서양과 열등한 동양의 이분법에 근거한 추론을 하고 있다. 이 연대의 리더이며, 당시 과학 담론에 능통한 반 헬싱은 성숙한 서구인의 뇌에 비해 드라큘라의 뇌는 수 세기 동안 무덤에 누워있어서 진화하지 못했기 때문에 퇴화된 유아적 뇌라고 설명한다. 이것은 당대 우생학과 골상학의 영향을 받은 발언이다. 우생학은 인류를 유전학적

으로 개량하기 위해 우수 인종인 앵글로색슨족을 증가시키고 열
등한 인종을 억제하려는 의도가 있다. 골상학은 각 인종의 두뇌
의 크기로 우열을 매겨 가장 두뇌가 크다고 간주되는 앵글로색슨
족을 최우수 인종으로 자리매김한다. 또한 반 헬싱은 당대 『퇴보
론』의 저자인 막스 노르다우와 범죄인류학자인 체사레 롬브로소
(Cesare Lombroso)가 드라큘라를 범죄자의 유형으로 분류했을 것이
라고 주장하며 범죄자의 특징 또한 갖고 있다는 점에서 그를 퇴
보자로 규정한다.

이때 영국 여성의 몸은 동양인 드라큘라가 침공하여 식민지화
려는 서양을 상징한다. 드라큘라가 루시와 미나라는 두 영국 여
성의 몸을 침공함으로써 서구 백인 남성 연대는 역식민화에 대한
불안과 더불어 순혈주의를 추구하는 문명인인 순수한 영국인의 피
가 야만인인 이민족의 피와 섞이는 혼혈에 대한 공포에 직면한다.

그런데 이 작품에서 똑같이 드라큘라의 흡혈의 대상이 되는
루시와 미나에 대한 백인 남성 연대의 대응은 판이하다. 루시는
이 백인 남성 연대에 의해 흡혈귀가 된 후에 무덤이 파헤쳐져 심
장에 말뚝이 박히고, 머리가 잘리는 처벌을 받는다. 그러나 미나
는 흡혈귀의 세계로 들어가지 않고 멀쩡히 살아서 아들까지 낳는
다. 비평가들도 루시는 부정적으로, 미나는 긍정적으로 서로 대조
적인 존재로 평가하는 경우가 많다. 왜 그럴까?

먼저 루시와 드라큘라의 관계를 살펴보자. 루시 웨스턴라(Lucy
Westenra)라는 이름을 보면 루시는 빛이라는 뜻이며, 웨스턴은 서

양이라는 뜻인데 그 이름의 의미에서 나타나듯이 루시의 몸은 서양을 상징한다. 루시는 영국 여성 중에서 동양에서 온 드라큘라의 첫 번째 흡혈의 대상이 된다. 그렇다면 그녀는 왜 드라큘라의 첫 번째 타깃이 되는가? 흡혈의 대상은 무작위가 아니다. 드라큘라는 흡혈의 대상이 초대하지 않으면 방에 침투하여 흡혈할 수가 없다. 즉, 드라큘라는 성욕을 적극적으로 드러내는 여성의 욕망을 이용하여 그녀에게 접근하는 것이다.

앞에서 세 명의 여성 흡혈귀를 논할 때도 살펴보았듯이 남성 연대의 시각에서 볼 때 루시가 드라큘라에게 흡혈 행위를 허용한 것은 성적 절제를 요구하는 당대 여성성을 위반했을 뿐만 아니라 모성애까지 위반한 것이 된다. 당대 여성에게 요구하는 기준을 위반하는 루시의 자유로운 성욕은 작품의 여러 곳에서 찾아볼 수 있다. 루시는 자신의 절친한 친구인 미나와 주고받는 편지에서 "하루에 세 남자에게서 구혼을 받았는데 왜 세 명의 남성 모두와 결혼을 하면 안되는 걸까?"라고 하면서 삼중혼을 욕망하며 당대 사회가 결혼법에서 금하는 도발적인 발언으로 여성의 성욕을 능동적으로 드러내는 여성이다. 그녀가 표출하는 이러한 자유로운 성은 당대 남성들에게는 문명인이 아닌 야만인의 문화로의 퇴보를 의미하므로 위험한 것으로 간주된다.

그녀는 또한 몽유병 환자로서 한밤중에 교회 묘지에서 배회하다가 드라큘라의 공격을 받는다. 이 당시 여성이 한밤중에 잠옷 차림으로 집 밖을 배회한다는 것은 창녀의 행위나 다를 바가 없다. 즉, 그녀는 자발적으로 성욕을 표출하면서 드라큘라를 초대하는 행위를 하는 셈이 된다. 이러한 루시를 발견했을 때 미나가 서둘러 그녀를 집으로 데리고 온 이유는 단지 그녀의 건강을 염려해서가 아니라 당대 사회에서 그녀의 평판이 염려되었기 때문이다.

루시는 자신의 성욕을 억압하지 않고 창문을 열어 지속적으로 드라큘라를 초대하여 흡혈 당하는 행위를 즐기기 때문에 혈액이 계속 부족하여 빈혈로 수혈을 받아야 할 처지에 이른다. 아서 홈우드, 수어드 박사, 퀸시 모리스 등 세 명의 구혼자뿐 아니라 반 헬싱까지 루시의 수혈에 적극적으로 참여한다. 이 작품에서 수혈은 성적인 교류를, 피는 정액을 의미한다. 루시의 약혼자로서 홈우드는 수혈 후 그녀와 실제로 혼인했다고 느끼고, 반 헬싱은 법적인 아내가 있는 자신이 수혈을 했다는 이유로 "중혼자"로 규정하며, 네 명의 남성으로부터 수혈을 받은 루시는 "남편을 둘 이상 가진 여자"로 해석된다.

이렇게 루시에게 수혈된 피는 드라큘라가 계속 흡혈하는 악순환이 계속되고, 그녀는 결국 흡혈귀가 되어 버린다. 수어드 박사는 흡혈귀가 되어 버린 루시에 대해 "그녀의 사랑스러움은 냉혹한 잔인함으로, 그녀의 순수함은 관능과 음란함으로 바뀌었다"라고 하면서 통탄을 금치 못한다. 이 말은 루시가 사랑스러움과 순수함을 갖춘 무성적인 천사의 상태에서 잔인함과 음란함이라는 창녀의 상태로 퇴보되었을 뿐만 아니라 동시에 루시의 피는 더이상 영국인의 순수한 피가 흐르지 않고 타인종의 피로 오염되어

인종적으로 퇴보했다는 공포를 드러낸다. 이것은 당대 영국 남성들에게 최고의 악몽 중의 하나다.

흡혈귀가 되어 관 속에 누운 루시는 당대 여성에게 당연하게 요구되는 모성성까지 위반함으로써 백인 남성 연대를 더욱 경악하게 한다. 그녀는 "이쁜 아줌마"라고 불리며 밤마다 무덤을 빠져나와 햄스테드 거리에서 "개가 뼈다귀 앞에 으르렁거리듯이" 동물성을 드러내며, 어린아이들을 흡혈의 대상으로 삼고, 흡혈 후 악마처럼 냉담하게 그 아이를 바닥에 내동댕이친다. 이러한 모성 없는 무자비한 루시의 모습은 드라큘라성에서 하커가 마주치는 세 흡혈귀 여성들처럼 당대 '집안의 천사'가 요구하는 모성성의 개념을 완전히 전복시키는 타민족의 야만성으로서 백인 남성 연대를 불안하게 한다.

이 소설에서 루시의 피를 흡혈하는 드라큘라의 이빨은 곧 남근을 의미한다. 식민지로서 서양인 루시의 몸은 동양인인 드라큘라에게 정복당하고, 그녀의 몸속에는 순수한 피 대신 불순한 섞인 피가 흐른다. 만일 그녀가 아이를 낳는다면 그 아이는 오염된 피를 가진 혼혈아가 되는 것이다.

이러한 혼혈과 역식민화의 공포를 참을 수 없는 서구 백인 남성 연대는 순수한 영국 여성, 즉 서구 여성을 보호해야 한다는 명분으로 영문학 사상 가장 충격적인 장면의 하나라고 할 수 있는 루시의 시신을 처단하는 장면을 연출한다. 다음은 이 장면에 대한 수어드 박사의 서술이다.

…아서가 창끝을 [루시의] 심장에 겨누었고…온 힘을 다 해 내리쳤다. 관 속에 있던 시체는 몸부림을 쳤고, 벌어진 붉은 입술을 통해 소름 끼치는 끔찍한 비명 소리가 밖으로 나왔다. 그 몸이 흔들리고 떨더니 거칠게 비틀어댔다… 하지만 아서는 결코 망설이지 않았다. 그는 마치 토르 신처럼 보였고, 그의 확고한 팔을 들어 올려 내려치면서 자비를 담은 창을 더 깊게 박았다. 그동안 관통된 심장에서 피가 솟구쳐 올라 주변으로 분출되었다…

…반 헬싱과 나는 창의 윗부분을 톱으로 자르고 그 창끝은 몸속에 박히게 놔두었다. 그다음에 우리는 머리를 자르고 입에다 마늘을 채워 넣었다.

아서는 북유럽 신화에 나오는 천둥과 번개의 신 토르가 되어 창으로 루시의 심장에 남근의 상징인 말뚝을 박음으로써 동양에 의해 식민화되고 오염된 여성의 몸을 성폭력적인 방법으로 처벌한다. 반 헬싱과 수어드 박사는 루시의 머리를 자르고 입에 마늘을 채움으로써 이성과 과학을 앞세우는 서구 백인 남성 연대가 미신과 주술로 치부하는 동양식 처방을 하는 모순적 태도를 드러낸다. 후에 수어드 박사는 루시에 대한 이러한 야만적인 처단 행위를 스스로 "괴물"의 행위라고 비판한다. 또한 그는 반 헬싱이 마녀와 악마 퇴치법을 찾는다는 명분으로 대영박물관에 간다고 할 때도 "때때로 우리 모두는 미쳤다"라고 하면서 자신들의 광기를 고백한다.

　노골적으로 당대 여성에 대한 기준을 위반하는 루시와 달리 미나는 당대 신여성의 특징을 갖고 있으면서도 남성들의 찬사를 받는 이상적인 '집안의 천사'의 기준에 맞추어 그녀를 위장하는 전략을 구사한다. 그녀는 드라큘라성에 머문 이후 건강이 악화된 하커를 위해 남편을 내조하는 아내의 역할에 충실히 헌신한다. 그녀는 지적인 신여성의 특징으로서 교사라는 직업을 가지고 장래에 여성 저널리스트가 되고 싶은 꿈을 가지고 있다. 그러면서도 당시 신기술인 타자와 속기를 배우는 것은 장래 변호사로서 남편이 될 하커를 보조하기 위한 것이라고 설명한다.

　그녀는 또한 성적 절제를 하는 무성적인 '집안의 천사'처럼 행동한다. 그러나 그녀는 지배 계급인 남성들 앞에서 성욕을 노골적으로 표현하지 않고 그들이 설정한 기준에 맞추어 자신을 정숙한 여성으로 포장함으로써 그녀의 성욕을 위장한다. 그녀는 "신여성 작가들은 청혼을 하고 그것을 받아들이기 전에 남자와 여자가 서로 간에 잠든 모습을 볼 수 있도록 허용해야 한다는 생각을 할 수도 있겠다"라고 하며 루시처럼 당대의 구혼 관습에 도전하는 도발적인 생각을 하기도 한다. 기혼자인 그녀가 루시를 잃은 상실감으로 괴로워하는 고달밍 경을 위로하면서 그를 품에 안고 자신의 아기처럼 머리를 쓰다듬을 때 그녀는 당대 '집안의 천사'의 행위로 인정되는 모성이라는 이름으로 성적인 일탈로 비칠 수 있는 자신의 행위를 정당화한다. 그러나 그녀는 후에 "그때 내 행동이 얼마나 이상한 것이었는지 전혀 생각하지 못했다"라고 고백하며 남편이 아닌 다른 남성을 안은 자신의 성적 행위에 대해 면죄부를 얻으려 한다.

특히 이러한 미나의 위장 전략이 가장 뚜렷하게 드러나는 장면은 그녀가 한밤중 부부의 내밀한 침실에서 드라큘라의 공격을 받는 장면이다. 이민족인 드라큘라는 미나에게 예배 의식용 언어로 "너, 그들이 제일 사랑하는 너는 나에겐 살 중의 살, 피 중의 피, 친족 중의 친족으로서 당분간 내 풍부한 와인 프레스(포도주 짜는 기구)가 될 것이다. 그리고 나중에는 나의 동반자, 나의 조력자가 될 것이다"라고 말하면서 피의 세례식을 통해 순수한 영국인의 피로 결합된 두 부부의 혼인 서약을 전복시킨다. 드라큘라는 미나의 남편인 하커가 옆에서 잠을 자고있는 상태에서 그녀에게 처음 얼마간은 자신의 와인 프레스, 즉 혈액 공급자로서 성적 행위의 대상이 됨을 선언한다. 그리고 나중에는 자신의 동반자와 조력자가 될 것이라는 말은 미나가 결국에는 드라큘라와 같은 흡혈귀 종족이 되어 더 이상 근친상간적인 성적 행위를 할 수 없는 상태가 된다는 것을 의미한다.

그 이후 드라큘라의 성폭력적인 장면은 수어드 박사가 기록한 것으로 백인 남성 연대에게는 매우 충격적이다.

창가의 침대 위에 조나단 하커가 누워있었는데, 그의 얼굴은 붉게 상기되고 마치 혼수상태에 빠져 있는 듯 거칠게

숨을 쉬고 있었다. 바깥쪽을 향한 침대의 가까운 가장자리
에 흰옷을 입은 그의 아내의 형체가 무릎을 꿇고 앉아 있었
다. 그녀 옆에는 검은 옷을 입은 키가 크고 마른 남자가 서
있었다…그는 왼손으로 하커 부인의 양손을 최대한 멀리
잡아당기고, 오른손으로 그녀의 목덜미를 움켜쥐고 강제로
그녀의 머리를 자신의 가슴에 찍어 누르고 있었다. 그녀의
흰 잠옷은 피로 더럽혀져 있었고, 가느다란 피 한 줄기가 찢
긴 옷의 틈새로 드러난 그의 맨 가슴에 흘러내렸다. 그 두
사람의 자세는 아이가 고양이 새끼에게 억지로 우유를 먹
이려고 주둥이를 우유 접시에 처박게 하는 것과 끔찍스럽
게도 닮아 있었다.

이 장면은 드라큘라가 미혼인 루시만 침공하는 것이 아니라
기혼자인 미나까지 침공한다는 사실을 보여줌으로써 백인 남성
연대는 국가의 핵인 순수한 영국의 가정마저 동양인 괴물에 의
해 찬탈당하는 혼혈의 공포에 직면한다. 그런데 드라큘라가 미나
를 공격하는 이 장면에서 그가 루시를 공격할 때와는 다른 양상
을 관찰할 수 있다. 미나는 꿈을 꾼 것 같다고 하면서 꿈속에서 본
드라큘라를 매우 상세히 기록한 바 있듯이, 미나도 루시처럼 드라
큘라에게 목을 찔려 흡혈을 당하기도 한다. 그런데 이 장면에서는
특히 미나가 드라큘라의 가슴의 틈새에서 나오는 피를 그녀 자신
이 흡혈하고 있는 모양새를 취한다. 즉, "우유"를 먹는 고양이를

영국 소설, 인종으로 읽다

언급하는 데서 알 수 있듯이 드라큘라가 가슴으로 모유를 먹이는 어머니의 자세를 취하고, 미나가 그 모유를 먹는 드라큘라의 아이가 되는 상태인 것이다.

이 점에 대해 많은 평자들은 드라큘라는 남성의 남근(송곳니)과 여성의 젖가슴을 모두 지닌 존재로 당대 남성/여성의 이분법을 전복시키고 경계를 흐리게 하는 중간자적 존재라고 평한다. 인종적 관점에서 보면 이 장면은 드라큘라가 영국에 침입할 때 그는 남성으로서 영국 여성을 공격할 뿐만 아니라 여성으로서, 또 어머니로서 영국 여성을 공격함으로써 그 어머니의 피를 마시는 아이인 여성을 드라큘라 종족의 일원으로 만든다고 해석할 수 있다. 이것은 자신의 가슴의 피를 흡혈하는 모든 순수한 영국 여성들의 피를 타인종의 피로 오염시킬 뿐만 아니라 그 피, 즉 정액을 마신 어머니가 낳은 아이들까지 드라큘라의 피가 섞인 혼혈 자식으로 만든다는 불안을 야기한다. 하커가 드라큘라와 접촉한 미나에 대해서 "악마에게 오염되어 병에 걸린 아내"라고 말할 때 이러한 불안이 분명히 드러난다.

그런데 여기에서 주목할 점은 소위 당대 여성의 귀감으로서 표면적으로 성을 절제하는 태도를 보이는 미나가 드라큘라의 공격을 받았을 때 대응하는 태도이다. 그녀가 드라큘라의 공격을 받은 상황은 한밤중 남편과 함께 잠들어 있는 침대 위이다. 물론 드라큘라의 초인적 힘에 억눌려 꼼짝달싹도 못 하는 상태이지만 그녀는 그의 갑작스러운 출현에 소리를 치며 구원을 요청하지 않고 그 흡혈의 상태를 즐긴다. 그런 후 남성 연대가 자신을 구조하러 달려오자 그때서야 "미친 사람처럼 귀가 찢어질 듯한" 비명을 지르고, "듣는 사람의 가슴을 아프게 할 정도로" 서럽게 흐느껴 운다. 여기서 드라큘라는 마음속으로 초대하지 않으면 방에 들어올 수가 없는 존재라는 사실을 상기할 필요가 있다. 사실 드라큘라가 미나의 방에 들어온 이유는 그녀가 마음속으로 원했기 때문이다. 그리고 드라큘라가 이 침실을 방문하여 미나를 흡혈한 것도 처음이 아니고, 남성들이 눈치채지 못하는 사이에 벌써 두 번이나 일어난 일이다. 이 사건을 진술할 때 미나는 백인 남성 연대 앞에서는 드라큘라의 피를 마신 자신의 입술을 "더러워! 더러워!"라고 닦으며 자신을 책망한다. 그러나 "당혹스럽기는 했지만 이상하게도 그를 막고 싶지 않았다"라고 고백하는 말에서 그녀의 무의식적인 성적 욕망이 분명하게 드러난다.

이처럼 미나 역시 성욕을 억압하지 않고 욕망의 주체로서 적극적으로 즐기는 태도는 루시와 다를 바 없다. 다만 미나는 남성들 앞에서 성욕을 노골적으로 표현하지 않고 그들이 설정한 이상적인 여성의 기준에 맞추어 행동함으로써 그녀의 성욕을 위장한다. 많은 평자들이 미나와 루시를 선/악, 여성성/반여성성 등을 보여주는 존재로 이분법적으로 대조시켜왔으나 사실상 미나와 루시는 성적 욕망을 표출하는 데 있어서 별 차이가 없는 것이다. 이처럼 아무리 백인 남성 연대가 거부의 몸부림을 쳐도 여성들은 이미 타인종인 드라큘라를 맞이하고 혼혈을 수용하고 있는 것이다.

영국 소설, 인종으로 읽다

이처럼 드라큘라에 대한 성욕을 무의식적으로 거부하지 않는 미나는 백인 남성 연대가 드라큘라를 추격하는 과정에서 드라큘라를 동정하면서도 그들을 적극 도우는 전략을 취한다. 미나는 반 헬싱에게 "드라큘라 백작이 일단 영국에서 쫓겨났으니 다시는 영국에 나타나지 않으려 하지 않을까요?"라고 하면서 그를 뒤쫓는 일이 정말 필요한지 문제를 제기함으로써 사실상 드라큘라를 은근히 동정하는 측면이 있다. 드라큘라를 추격하는 작업을 남성의 영역으로 간주하고 여성인 미나를 이 작업에서 배제하고 질문도 일절 허용하지 않고 침묵을 강요하는 반 헬싱은 이 말에 당연히 불쾌감을 나타낸다.

그럼에도 미나는 신여성의 특성인 기억력과 사고력, 그리고 판단력을 발휘하여 남성 연대를 도움으로써 결국 반 헬싱에 의해 "남자 같은 두뇌"를 가진 여성으로 인정을 받는다. 그녀는 하커의 일기와 자신이 속기로 쓴 기록과 수어드가 축음기로 녹음한 일기 등 모든 방대한 기록들을 정리하고 통합, 분석한 후 드라큘라가 도주한 경로를 논리적으로 추론한다. 그녀는 또한 자료를 정리한다는 명목으로 남성들이 배제하려고 하는 모든 정보를 손에 넣고 있는 것이다. 그런데 '집안의 천사'를 벗어난 이와 같은 가정 밖에서의 지적인 활동은 당대 남성들의 기준에 위반되는 행위이다. 그런데도 반 헬싱을 비롯한 남성 연대의 칭찬을 받는 이유는 무엇일까? 그것은 미나가 상황을 주도하지 않고 그들이 주도하는 흡혈귀 사냥에 여러 가지 정보와 전략으로 도움을 주는 보조적 역할을 하기 때문이다. 기차 시간을 예상 밖으로 미리 알아두어 감짝 놀라는 남성 연대에게 미나는 예전부터 "남편에게 도움이 되려고" 기차 운행 시간을 미리 알아둔다고 말함으로써 자신이 내조에 충실한 아내임을 강조한다. 이처럼 그녀는 신여성의 특성을 갖고있으면서도 남성을 보조하고, 위안을 주는 '집안의 천사'의 특성을 크게 거스르지 않았기 때문에 남성들의 반감을 사지 않는다.

이러한 전략으로 미나는 루시와 달리 남성 연대의 처벌을 받지 않고, 흡혈귀를 의미하는 이마의 붉은 상처가 사라짐에 따라 반 헬싱의 표현대로 "너무나 진실하고, 상냥하고, 고귀하며, 이기적이지 않은" '집안의 천사'의 모습을 다시 회복하는 모습으로 그려진다. 소설 후반부에서 그녀는 건강한 모성성을 갖추고 아들 퀸시 하커를 낳고 양육함으로써 영국의 건강한 가정을 회복하고 영국 사회는 질서를 되찾는 것처럼 보인다. 그러나 미나가 반 헬싱이 믿고 싶은 대로 완전히 흡혈귀성에서 벗어났는지는 의문이다. 작품의 결말 부분에서 미나와 반 헬싱이 드라큘라성으로 향하는 길에 트란실바니아의 늑대들이나 여성 흡혈귀들은 미나를 공격하지 않는다. 이것은 미나가 그들과 동족이 되었음을 의미하는 게 아닐까?

영국을 침공한 동양인 이방인 드라큘라는 그가 죽어서 묻힐 땅마저도 영국에 허락하지 않는 흡혈귀 사냥꾼들에 의해 영국 밖으로 쫓겨나서 마침내 하커의 쿠크리칼에 의해 목이 잘리고, 모리스의 보우이칼에 심장이 찔려 먼지로 사라짐으로써 표면적으로는 죽는 것으로 끝이 난다. 그리고 흡혈귀 사냥꾼들은 승리감에 취한다. 그러나 드라큘라는 과연 죽었는가? 드라큘라는 낮에는 흙이 담긴 관 속에서 죽음의 상태로, 밤에는 살아있는 존재로 삶과 죽음을 넘나드는 언데드의 존재이다. 하커와 모리스가 칼로 드라큘라를 처단한 시간은 해가 질 무렵이었고, 그 때 미나가 관찰한 드라큘라의 표정은 증오에서 승리로 바뀌고 있었다. 그리고 그는 인간의 모습으로만 출현하는 것이 아니라 때로는 동물로, 때로는 안개나 먼지의 형태로 출현한다. 하커가 드라큘라성에서 목격한 드라큘라는 도마뱀처럼 거꾸로 성의 벽을 기어 내려가고 있었지 않았는가? 그는 또한 러시아 배를 통해 사나운 개로 변신하여 영국 땅에 내린 후 늑대로 변신하여 개를 물어 죽이기도 하며, 때로는 박쥐로 변신하기도 한다. 루시의 방에 들어갈 때는 안개나 먼지의 상태로 들어간다. 5인의 서구 백인 남성 연대는 드라큘라가 먼지가 되어 영원히 사라졌다고 환호한다. 그러나 그는 먼지로 모습만 감추었을 뿐 인간의 모습으로 언제든지 다시 변신할 수가 있는 것이다.

설사 먼지가 되어 사라졌다 해도 드라큘라의 피는 이미 미나와 하커를 통해 그들의 아들인 영국인 퀸시 하커 속에 흐르고 있으므로 영국을 침공한 드라큘라의 목표는 이루어진 것이다. 드라큘라는 루시와 미나의 흡혈에 성공한 후 5인의 서구 백인 남성 연대를 향해 "푸줏간의 양들처럼 창백한 얼굴을 하고 일렬로 늘어선 놈들아"라고 경멸하며 "너희들이 사랑하는 여인들은 모두 이미 내 것이 되었어. 그리고 그들을 통해 너희들 및 다른 사람들도 내 것이 될 것이다"라고 선언한 바 있다. 이 말은 드라큘라의 정복의 목표가 단지 영국 여성이 아니라 궁극적으로는 이 여성들과 접촉하는 네덜란드인, 그리고 미국인이 포함된 서구 백인 남성 연대라는 지배 계급 남성들, 그리고 이들의 후손들, 즉 서구 백인 문명 사회 전체라는 거대 담론이 드러난다.

퀸시 하커는 미국인 퀸시 모리스가 드라큘라를 처단하려다가 죽은 날 태어났기 때문에 퀸시의 이름을 물려받고, 거기에다가 드라큘라 사냥꾼이었던 모든 백인 남성들의 이름, 즉 조나단, 아서, 아브라함, 존을 붙인 것이다. 미나가 드라큘라의 가슴에서 흡혈한 피의 일부는 이미 드라큘라가 루시에게서 흡혈한 피이며, 또한 반 헬싱, 고달밍 경, 수어드 박사, 퀸시 모리스가 루시에게 수혈해 준 피이기도 하다. 그러므로 비록 퀸시 하커의 이름에는 서구 백인 남성들의 이름만 들어가 있고 이민족인 드라큘라의 이름이 배제되어 있으나 그의 피 속에는 드라큘라의 피가 분명히 포함되어 있으며, 조나단, 아서, 아브라함, 존, 퀸시, 그리고 미나와 루시의 피까지 혼재되어있다. 다시 말하면 이 소설의 등장인물들은 사실상 모두 흡혈귀와 동족이 된 것이다. 그러므로 작가는 이 작품을 통하여 순수한 영국인의 피를 보존하려는 당대 순혈주의는 사실상 허구에 지나지 않는다는 점을 폭로한다.

퀸시 하커는 드라큘라를 포함한 다양한 피가 섞인 혼혈인이다. 당대 혼혈 퇴화 담론은 이러한 혼혈인은 열등하고 나약하여 결국 멸종한다고 주장하나 퀸시 하커는 새로운 피를 받아들여 더 강하고, 활기에 찬 모습으로 제시되어 당대 혼혈 퇴화 담론을 무색하게 한다. 19세기 말 영국인들은 혼혈과 역식민화, 즉 서구의 퇴보 담론의 불안에서 벗어나기 위해 서구 백인 남성들끼리 연대하여 이민족 드라큘라를 제거하려고 발버둥치지만 현실은 이미 식민지로부터 영국에 유입해 들어온 수많은 이민자들과 더불어 흡혈귀 드라큘라와 불가피하게 동거하고있는 것이다.

『드라큘라』는 그간 많은 독자들과 평자들이 당대 영국 기득권의 이데올로기를 강화하는 보수적 소설로 읽어왔지만 소설을 깊이 있게 들여다보면 이 텍스트는 오히려 당대 백인 남성들이 추구하는 남성 중심의 기득권의 이데올로기가 얼마나 허구에 찬 것인지를 폭로하고 있음을 간파할 수 있다. 5인의 백인 남성 연대가 서구의 이성과 과학의 중요성을 설파하면서도 역설적이게도 초자연적인 존재인 동양을 표상하는 드라큘라를 대적해 싸울 때는 당대 영국의 신기술을 사용하는 것이 아니라 그들이 후진적이라고 규정하는 십자가, 마늘, 성체 등 원시적 미신과 주술을 사용하고, 드라큘라를 마지막으로 처단할 때에는 당대 최신식 첨단 무기인 윈체스터 소총이 아닌 원시적 사냥칼인 보우이칼과 동양의 쿠크리칼, 즉 네팔 구르카족이 사용하는 날이 넓은 단검이었다는 점에서 오히려 서구 근대 과학과 이성중심주의의 맹점이 드러난다. 게다가 텍스트의 틈 사이로 이성과 과학의 최선봉에 선 남성들보다는 그들이 공적 영역에서 배제하고자 하는 여성인 미나가 더

과학적이고 합리적인 인물로서 정보 수집이나 공유 능력에 있어서 이들보다 더 뛰어나다는 점이 드러난다.

소설을 읽을수록 5인의 백인 남성 연대는 자신들이 추구하는 이성과 합리성이라는 거창한 근대적 가치만큼 윤리적이지 않다는 점 또한 드러난다. 이들은 드라큘라와 대적하는 과정에서 반 헬싱과 수어드의 의학적 지식, 고달밍 경과 같은 귀족계층의 특권적 지위와 부유한 자본, 그리고 변호사 하커의 법률적 지식 등 전문직의 이점을 활용하여 관리들과 선원들을 뇌물로 매수하기도 하며, 드라큘라가 거주하는 저택의 문을 열쇠공을 매수하여 불법적으로 열기도 한다. 작가는 이러한 남성 연대의 불법적이고 비윤리적인 행위들이 인류의 행복을 위하고, 서구 문명을 보존한다는 명목으로 정당화된다는 점을 오히려 비판한다고 볼 수 있다.

영국 소설, 인종으로 읽다

맺음말

지금까지 독자들에게 비교적 친숙한 18, 19세기 영국 고전인 대니얼 디포의 『로빈슨 크루소』, 메리 셸리의 『프랑켄슈타인』, 에밀리 브론테의 『워더링 하이츠』, 샬럿 브론테의 『제인 에어』, 아서 코난 도일의 『네 사람의 서명』, 브람 스토커의 『드라큘라』 등 6개의 작품을 인종의 관점에서 읽어보았다. 이러한 작품들에서 드러나듯이 당대 영국인들은 식민지의 타인종에 대한 편견과 차별을 당연시하는 인종주의적 시각을 갖고 있었다. 백인이 아닌 타인종은 괴물이나 동물, 혹은 식인종이나 흡혈귀로 인식된다는 점에서는 예외가 없었다.

『로빈슨 크루소』에서 카리브해 원주민 프라이데이는 영국 남성 크루소가 처음 마주치는 순간부터 당연히 식인종으로 인식되며, 따라서 노예로 삼는 것을 당연하게 여긴다. 『프랑켄슈타인』에서 백인 남성 프랑켄슈타인의 피조물은 프랑켄슈타인에게 피부색이 다르다는 이유로 추한 괴물로 인식될 뿐이다. 『워더링 하이츠』에서 당대 흑인 노예나 동인도 회사의 동양인 선원의 버려진 아이일 가능성이 있는 히스클리프 또한 영국인들에게 괴물이나 동물, 심지어는 식인종, 흡혈귀로 인식된다. 『제인 에어』에서 미친 여인이라는 이유로 쏜필드의 다락방에 갇혀 있는 식민지 자메이카 출신 크레올인 버싸 역시 영국인 제인과 로체스터에 의해 괴물, 동물, 흡혈귀로 서술된다. 『네 사람의 서명』에서 식민지 인도의 원주민 통가 역시 영국 남성 탐정인 셜록 홈즈에 의해 '태생적'인 범죄자의 전형으로 동물, 괴물, 식인종으로 정형화된다. 『드라큘라』에서 동유럽 출신인 드라큘라 백작은 영국인들에게 순수한 영국인의 피를 오염시키고 영국을 역식민화하려는 동양인 흡혈귀의 표상으로서 무찔러 제거해야 할 괴물이나 동물, 혹은 경계가 모호한 중간자인 언데드의 형태로 나타난다.

그러나 이러한 당대 영국인들의 인종주의적 시각에 대한 각 작가들의 입장에는 다소 차이가 있다. 『로빈슨 크루소』, 『제인 에어』, 『네 사람의 서명』과 같은 작품들에서 대니얼 디포, 샬럿 브론테, 아서 코난 도일은 영 제국과 기독교를 찬양하면서 이교도인 식민지인들을 문명인인 자신들보다 열등한 야만인으로 취급하는 당대 영국인들의 우월주의적 태도에 동조하고 있다. 이 작품들에서는 공통적으로 타인종 인물들이 자신의 목소리로 자신의 진정한 이야기를 할 수 있는 기회가 주어지지 않는다. 그리고 당대 순혈주의에 기반하여 영국인 간의 사랑과 결혼은 허용되나 영국인의 순수한 피를 오염시키는 인종 간 사랑이나 혼혈결혼은 허용되지 않는다.

영국 소설, 인종으로 읽다

그러나 『프랑켄슈타인』, 『워더링 하이츠』, 『드라큘라』 같은 작품들에서 메리 셸리, 에밀리 브론테, 브람 스토커의 입장은 비록 당대 영국 작가로서 한계는 있지만 다소 다른 태도를 보인다. 메리 셸리는 프랑켄슈타인에 의해 타인종인 추한 괴물로 취급되는 피조물에게 목소리를 부여함으로써 독자들이 그 피조물이 처한 차별과 배제와 고독에 공감하도록 한다. 에밀리 브론테 또한 타인종인 히스클리프에게 백인과 똑같이 주인공의 한 사람으로서 목소리를 내도록 하여 백인 여성인 캐서린에 대한 자신의 열정과 욕망을 표현하도록 한다. 브람 스토커 역시 타인종인 드라큘라 백작에게 서술자의 역할을 하도록 할 뿐만 아니라 작품에서 가장 중요한 등장인물로서의 무게와 크기를 부여하여 당대 영국의 지배 계급인 백인 남성 연대의 기존 이데올로기에 균열을 내도록 한다. 그리고 이 세 작품에서는 타인종과의 인종 간 사랑이나 혼혈결혼에 대해 부정적이지 않은 태도를 읽을 수 있다.

지금까지 살펴본 18, 19세기 영국 소설들이 현재까지 꾸준히 우리에게 고전 명작으로 자리매김해 왔다면 그것은 주제 의식이나 문체, 형식 등 문학성이 뛰어나다는 이유에서일 것이다. 그러나 문명화를 빌미로 타인종에 대한 억압과 침탈을 당연시하는 제국주의, 그리고 애국심이나 민족주의를 앞세워 타인종에 대한 혐오나 차별을 당연시하는 인종주의에 동조하는 작품이라면 단지 문학성이 뛰어나다고 해서, 그리고 지금까지 고전으로 읽혀왔다는 이유로 당연히 고전 명작이라고 받아들일 수 있을까? 인문학은 의심의 학문이다. 고전에 대한 인종적 관점의 읽기를 통해 당연한 것에 의문을 던지고 회의하는 인문학적 사유가 요청된다.

기후 위기와 더불어 코비드-19이라는 세계적 전염병의 창궐로 2년 이상을 호모 마스쿠스(마스크를 쓴 인간)의 상태로 생존해야 하는 현재의 인류는 메리 셸리의 『프랑켄슈타인』이나 『최후의 인간』에서 보았듯이 나와 다른 존재인 타자를 배척하는 것이 아니라 나눔과 책임으로 포용할 때만이 인류를 위협하는 치명적인 전염병에서 탈출할 수 있다는 점을 다시 한번 상기하면서 이 책을 마무리하고자 한다.

영국 소설, 인종으로 읽다

계정민. 「계급, 인종, 범죄: 빅토리아 시대 영국 추리소설」. 『근대영미소설』. 16.3 (2009 겨울): 5-22.

_____. 『범죄소설의 계보학: 탐정은 왜 귀족적인 백인 남성인가』. 고양: 소나무, 2018.

김경숙, 「포도주, 광기, 그리고 나쁜 피: 『제인 에어』 속 제국주의 다시 읽기」. 『영어영문학』 57.2(2011): 339-365.

김경식. 「5인의 용사와 그들의 불안: 『드라큘라』에 나타난 지배와 타자의 문제」. 『신영어영문학』 60(2015): 31-48.

김순원. 「흡혈귀와의 불편한 동거: 브램 스토커의 『드라큘라』」. 『18세기 영문학』 11.2(2014): 1-46.

김은령. 「드포의 불완전한 식민주체 그리기―『로빈슨 크루소』의 역사적 재고」. 『근대영미소설』 14.2(2007): 61-88.

문상화. 「영국 식민지 경영의 두 얼굴--코난 도일의 탐정 소설에 나타난 귀환자들의 성격 분석」. 『영어영문학21』 26.4 (2013): 49-63.

박상기. 「『제인 에어』와 영국 민족주의」. 『19세기영어권문학』 11.2(2007): 69-86.

박종성. 「에밀리 브론테 『폭풍의 언덕』: 감추기와 드러내기의 서술전략」. 『근대영미소설』 5. 2 (1998): 79-102.

_____. 「지배 질서 비판과 포섭 사이: 『제인 에어』의 양가성 연구」. 『근대영미소설』. 16.1(2009): 87-110.

박지향. 『영국적인, 너무나 영국적인: 문화로 읽는 영국인의 자화상』. 서울: 기파랑, 2006.

박형지·설혜심. 『제국주의와 남성성: 19세기 영국의 젠더 형성』. 서울: 아카넷, 2004.

배경진. 「노예와 식인종: 『로빈슨 크루소』에 나타난 감정과 식민주의적 욕망」. 『18세기 영문학』 11.2(2014):147-80.

배혜정. 「『로빈슨 크루소』와 부르주아 남성성」. 『역사와 경계』 104(2017): 1-38.

손영희. 「『제인 에어』: 괴물성이 제거된 아내의 자서전」 『근대영미소설』 16.1(2009): 157-87.

신경숙. 「공감, 보기, 그리고 감정 노동--『프랑켄슈타인』의 아담 스미스 다시 읽기」. 『영어영문학』 58.2(2012): 189-215.

신문수. 『타자의 초상: 인종주의와 문학』. 서울: 집문당, 2009.

오봉희. 「메어리 셸리의 『프랑켄슈타인』에 나타난 이방인과 환대의 문제」. 『영어영문학』 57.1 (2011): 51-72.

유명숙. 「메리 셸리의 『프랑켄슈타인』과 『메리 셸리의 프랑켄슈타인』. 소설에서 영화로, 영화에서 소설로」. 『페미니즘 시각에서 영미소설 읽기』. 서울: 서울대학교출판부, 2002: 83-108.

유선무. 「메리 셸리의 『최후의 인간』—역사 끝에 선 환대」. 『영어영문학』 58 (2012): 93-116.

이석구. 『들려준 것과 숨긴 것: 영국 모험소설의 정치적 무의식』, 소명출판사, 2019.

_____. 「호모 이코노미쿠스로서의 크루소 재고」. 『영어영문학』 64.4(2018): 629-49.

이혜수. 「『뉴 아틀란티스』와 『로빈슨 크루소』에 나타난 신대륙에 대한 상상력: 식민주의와 유토피아 사용법」. 『18세기영문학』 10.1(2013): 37-67.

장정희. 『프랑켄슈타인』. 서울: 살림, 2004.

전인한. 「근대의 모순: 디포의 『로빈슨 크루소』에 형상된 개인의 완성과 붕괴」. 『영미문학연구』 7(2004): 57-89.

정미경. 「『제인 에어』에 나타난 빅토리아조의 성/계급 이데올로기」. 『영어영문학』 46.1(2000): 159-75.

_____. 「환타지, 과학, 『드라큘라』의 성담론」. 『영어영문학』. 52.3 (2006):671-696.

조애리. 「여성과 제국: 『제인 에어』」. 『페미니즘 시각에서 영미소설 읽기』. 서울대 출판부, 2002.

최은주. 「성별화된 몸, 그 의미와 잉여의 두께—브램 스토커의 『드라큘라』」. 『영미문화』 10.3(2010): 275-96.

허정애. 「근대성, 인종주의, 코즈모폴리턴 공동체: 메리 셸리의 『프랑켄슈타인』 다시 읽기」. 『영미어문학』 107(2013): 41-63.

_____. 「에밀리 브론테의 성취와 한계: 인종적 시각에서 다시 읽는 『워더링 하

이츠』」. 『영미어문학』 97(2010): 59-85.

_____. 「통가는 말할 수 있는가? 코난 도일의 『네 사람의 서명』에 나타난 서술 전략, 영국성, 타자성」. 『19세기 영어권 문학』 19.1(2015):165-87.

Arata, Stephen. D. "The Occidental Tourist: *Dracula* and the Anxiety of Reverse Colonization." *Victorian Studies* 33.4(1990): 621-45.

Azim, Firdous. *The Colonial Rise of the Novel*. London: Loutledge, 1995.

Bentley, Christopher. "The Monster in the Bedroom: Sexual Symbolism in Bram Stoker's *Dracula*." *Literature & Psychology* 22(1972): 27-34.

Bhabha, Homi K. *The Location of Culture*. London: Loutledge, 1994.

Brantlinger, Patrick. *Crusoe's Foorprints: Cultural Studies in Britain and America*. New York: Loutledge, 1990.

_____. *Rule of Darkness: British Literature and Imperialism*. Ithaca: Cornell UP, 1988.

_____. *Taming Cannibals: Race and the Victorians*. Ithaca: Cornell UP, 2011.

Brontë. Charlotte. *Jane Eyre*. New York, Norton, 2001, 『제인 에어』, 서울: 민음사, 유종호 역.

Brontë Emily. *Wuthering Heights*. Oxford: Oxford UP, 1995, 『폭풍의 언덕』, 서울: 민음사, 김종길 역.

Craft, Christopher. "'Kiss Me with Those Red Lips': Gender and Inversion in Bram Stoker's *Dracula*," *Representations* 8(Autumn, 1984): 107-33.

Defoe, Daniel. *Robinson Crusoe*. New York: Norton, 1994, 『로빈슨 크루소』, 서울: 을유문화사, 윤혜준 역.

Doyle, Arthur Conan. *The Sign of Four*. New York: Penguin Classics, 2001, 『주석달린 셜록 홈즈: 네 사람의 서명』, 서울: 현대문학, 승영조 역.

Ellis, Havelock. *The Criminal*. Montclair: Patterson Smith, 1973.

Fanon, Frantz, *Black Skin, White Masks*. New York: Grove Press, 2008.

Harris, Susan Cannon. "Pathological Possibilities: Contagion and Empire in Doyle's Sherlock Holmes Stories. *Victorian Literature and Culture* 31 (2003): 447-66.

Hatch, James C. "Disruptive Affects: Shame, Disgust, and Sympathy in *Frankenstein*."

European Romantic Review 19:1 (2008): 33-49.

Leavis. F. R. *Great Tradition*. Harmonsworth: Penguin Books, 1974.

Lew, Joseph W. "The Deceptive Other: Mary Shelley's Critique of Orientalism in *Frankenstein*." *Studies in Romanticism* 30 (1991): 255-83.

Malchow, Harold L. "Frankenstein's Monster and Images of Race in Nineteenth-Century Britain." *Past and Present* 139 (1993): 90-130.

Mannoni, Octave. *Prospero and Caliban: The Pshchology of Colonization*. Ann Arbor: U of Michigan P, 1993.

McBrantney John. "Racial and Criminal Types: Indian Ethnography and Sir Arthur Conan Doyle's *The Sign of Four*. *Victorian Literature and Culture* 33 (2005): 149-67.

Meyer, Susan. *Imperialism at Home: Race and Victorian Women's Fiction*. Ithaca: Cornell UP, 1996.

Michie, Elsie. "From Simianized Irish to Oriental Despots: Heathcliff, Rochester and Racial Difference. *Novel* (Winter 1992): 125-140.

Moretti, Franco. "Dilectic of Fear" in *Signs Taken for Wonders: Essays in the Sociology of Literary Forms*. Trans. Susan Fischer, David Forgacs and David Miller. London: Verso, 1983.

Nordau, Max. *Degeneration*. Lincoln: U of Nebraska P, 1993.

Plasa, Carl and Betty J. Ring. eds. *The Discourse of Slavery: Aphra Behn to Toni Morrison*. London and Newyork: Routledge: 1994.

Reddie, James. "Slavery." *Anthropological Review* II (1864): 280-293.

Roth, Phillis A. "Suddenly Sexual Women in Bram Stoker's *Dracula*." *Literature and Psychology* 27.3(1977): 113-21.

Schaffer, Talia. "A Wilde Desire Took Me: the Homoerotic History of Dracula." *ELH* 61.2(1994): 381-425.

Sneidern, Maja-Lisa. "*Wuthering Heights* and the Liverpool Slave Trade". *ELH* 62 (1995): 171-196.

Schmit, Canon. *Alien Nation: Gothic Novel and English Nationality*. U of Pennsylvania P, 1997.

Senf, Carol A. "Dracula: The Unseen Face in the Mirror." *The Journal of Narrrative Technique* 9.3(1979): 160-70.

Sharpe, Jenny. *Allegories of Empire: The Figure of the Woman in the Colonial Text.* Minneapolice: U of Minnesota P, 1993.

Shelley, Mary. *Frankenstein.* Ed. Paul Hunter. New York: Norton, 1996, 『프랑켄슈타인』, 서울: 을유문화사, 한애경 역.

Siddiqui, Yumna. "The Cesspool of Empire: Sherlock Holmes and the Return of the Repressed." *Victorian Literature and Culture* 34 (2006): 233-47.

Smith, Adam. *The Theory of Moral Sentiments.* Amherst, New York: Prometheus Books, 2000, 『도덕 감정론』, 서울:한길사, 김광수역.

Smith, Allan Llyod. "'This Thing of Darkness': Racial Discourse in Mary Shelley's *Frankenstein*. *Gothic Studies* 6. 2 (Nov. 2004): 208-22.

Spivak, Gayatri Chakravorty. "Can the Subaltern Speak?" *Marxism and the Interpretation of Culture*. Ed. Cary Nelson and Lawrence Grossberg. Urbana: U of Illinois P, 1988. 271-313.

_____. "Three Women's Texts and a Critique of Imperialism." *Critical Inquiry* 12 (Autumn 1985): 243-61.

Stevenson, John Allen. "A Vampire in the Mirror: The Sexuality of Dracula." *PMLA* 103(1988): 139-49.

Stoker, Bram. *Dracula.* New York: Norton, 1996. 『주석달린 드라큘라』, 서울: 황금가지, 김일영 역.

Thomas, Ronald R. "The Fingerprint of the Foreigner: Colonizing the Criminal Body in 1890s Detective Fiction and Criminal Anthropology." *ELH* 61 (1994): 655-83.

Thompson, Jon. *Fiction, Crime, and Empire*. Chicago: U of Illinois P, 1993.

경북대학교 인문교양총서